中年だって生きている

酒井順子

集英社文庫

中年だって生きている

目次

はじめに	9
花の色はハワイ	22
親旅	34
チヤホヤ	47
エロ	60
更年期	73
少女性	87
仕事	101
バブル	113
嫉妬	124
	136

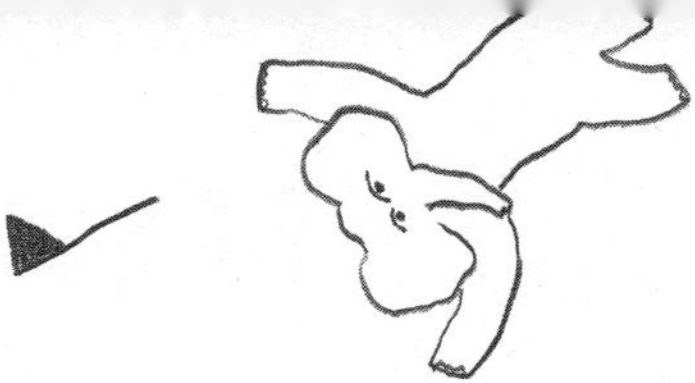

本文デザイン／成見紀子

中年だって生きている

はじめに

久しぶりに向田邦子《むこうだくにこ》さんの作品を読み返していたところ、「中年増《ちゅうどしま》」という言葉が出てきました。それを見て、「『中年』の語源って、『中年増』なのかしら」と思った私。「年増」にも大中小があるならば、中年増といったら、四十代くらいのことなのか……。と広辞苑を見てみたら、中年増とは「中ぐらいの年増」の意なのだそうで、「二三、四歳から二八、九歳ごろの女」を示すらしいのです。昔の「年増」は、ずいぶん若かったことが、わかります。

そんな言葉に敏感になるのは、もちろん私が中年真っ盛りの年頃だからです。中年になってから既に長い時が過ぎ、そしてこれからもしばらくは、中年期が続きそう。広辞苑によれば、「青年と老年との中間の年頃」が中年ということですから、今の私は中間の年頃のさらにど真ん中にいる、ど中年ということになります。

中年達はしばしば、ミッドライフ・クライシスというものに見舞われます。ふと「これでいいのか、自分」と不安になったり、目標を見失ったり。それというのも中年が、「中」ぶらりんのお年頃だから、なのでしょう。もう若者には戻れないけれど、老年の覚悟を決めるには早すぎる。新しいスタートを切るのには遅すぎるのではないか、これ以上現状は変わらないのではないか、身体《からだ》も容色も明らかに衰えてきた……といった様々な不安も、渦巻きます。

そこには、「中」であるからこそのストレスもつきまといます。青年世代からは、経済的に頼られる割に「もう終わってるよねあの人達」と、年寄り扱いされる。そして老年世代からは、やはり経済的に頼られると同時に、介護等の労働力としての期待がのしかかる。企業における中間管理職のように、あちらからもこちらからもせっつかれるという、労の多い世代なのです。

中年も中間管理職もそうですが、「中」がつく立場の人は皆、どっちつかずであるが故の大変さに耐えているのでした。それは、「中」学生にしても同じでしょう。中学生は、学生という立場の中での「中」くらいの年頃の男女を示すわけですが、子供でもなければ大人でもないというその立場が、彼等《かれら》を常に、モヤモヤさせています。

身体的にも第二次性徴盛りで、色々なところが膨らんだり毛が生えたりと恥ずかしいことがいっぱいの、中学生。頭の中は色々な妄想ではち切れんばかり、しかし妄想を実現させるほどの度量も経済力も無いし、世間では一人前扱いされないし……と、中ぶらりんであること、この上ありません。そのモヤモヤを忘れさせるために、中学生は無理矢理、部活に熱中させられるのだと思う。

自分が中学生の頃を思い出しても、日々悶々《もんもん》としながら、部活ばかりしていたものでしたっけ。声がわりしたての声で話しながら、だぶだぶの制服（身長が伸びることを見越して、親は大きめの制服を買っている）で歩く中学生達を見ると、「高校生になったら落ち着くから、もうしばらく頑張れや」と、声をかけたくなるものです。

中学生というのは、あまり美しい生き物ではありません。子供から大人への過渡期であるため、ホルモンが分泌されまくって、ニキビが噴出したり、男女ともにうっすらとヒゲを生やしていたり。子供の愛らしさは最早《もはや》無く、高校生の瑞々《みずみず》しさもまだ無いということで、「みにくいアヒルの子」状態なのです。

子供と大人の中間ということで、何を着ていいかもよくわからない様子も、見てとれます。もう子供服は着られないけれど大人の服も似合わないし、センスも未成熟。混乱気味の私服を着ざるを得ません。

そんな中学生を見ていると、最近の私は、どことなしにシンパシーを抱いてしまうのです。それというのも「中学生というのは、中年とポジ・ネガ関係にあるのではないか」と思うから。中学生がホルモンの分泌盛りだとしたら、中年はホルモンの減少盛り。中学生はニキビに悩んでいますが、中年の肌はホルモン減によってかさつき、シミが激増。そして中学生が、「性」というものに初めて向き合い始める年頃だとしたら、中年は閉経だのセックスレスだの、性とのお別れを考え始めるお年頃なのです。

何を着ていいのかわからなくなるというのも、中学生と中年の共通点でしょう。ファッションの業界では、「子供服」「若者服」「おばさん服」「おばあさん服」というのは、それぞれ確立されたジャンルです。子供服は、「子供を愛らしく見せる動きやすい」ファッションであり、若者服はつまるところ「生殖前の若者を、異性にとって魅力的な存在に見せ、より良い生殖へと結びつけるため」のファッションなのではないか。そしておばさん服・おばあさん服となると、ゆったり感、着脱のしやすさ、肌触り等、機能性が求められる服ということになる。

しかし今時の中年女性が求める服は、楽なだけのおばさん服ではありません。

最近になって、その手の中年向けの洒落《しゃれ》たブランドも出てきましたが、それでも「何を着たらいいのか」は、中年にとって思案のしどころ。

ここで「ちょっと待て」と思う方が、いらっしゃることでしょう。

「中年の女性って、つまりおばさんのことじゃないの？　おばさんと中年女って、どこが違うの？」

と。

この点は、当の中年女以外にはわかりにくいところかと思いますので、一言解説をしておきましょう。今時の中年女性は、「私は中年ではあるが、おばさんではない」と思っている人が、ほとんどなのです。口では、

「私なんておばさんだからさぁ」

と言うものの、それは「こう言っておけば、周囲からは常識的な人だと思われるだろう」という思惑のもとになされる、社交辞令的な発言。

私を含め、自分のことを「中年ではあるがおばさんだとは思っていない」という人は、「中年」は年齢を示す言葉で、「おばさん」は、精神のあり方を示す言葉だと思っています。すなわち、「確かに私は、二十代でもなければ三十代でもなく、立派な中年である。しかし私は、ファッションにも体重にも気を遣っている

し、人を押しのけて電車の座席に突進したりもしないはず。つまり、私は決しておばさんなどではないのだ」と、我々は思っているのです。

この、「中年ではあるがおばさんではない」と自分のことを信じている女性は、新種の生き物として日本では珍しがられているのでした。その手の女性はまず、経済力を持っています。と言うより、消費意欲が高いのです。バブル期に青春時代を過ごした、いわゆるバブル世代であるために、高額消費をすることへの抵抗感、罪悪感が無い。

そんな我々世代は、常に「消費の先導役」と言われてきました。日本の景気が悪い時でも、我々世代だけは消費を厭《いと》わないと言われていたのです。そんな我々を見て若者は「バブルって感じ～」と揶揄《やゆ》しましたが、しかしバブル世代のどんな時も衰えぬ消費意欲は、どんよりと沈んだ日本に、一灯をともし続けたのではないか。

今になっても、我々の消費意欲には期待が集中しています。若者達が、車に乗らず海外にも行かずお洒落なレストランにも行かず、家でまったりと過ごしているのを横目に、中年達は遊び、買い、移動している。

そんな中年に対する冷たい視線も、理解はしております。

「あの人達、いつまでチャラチャラしているのだ」

「バブル世代って、派手なだけで会社でぜんぜん使えない」

「バブルがいかにすごかったかとかいう話をされると、『お前らのせいで我々は苦労させられたのだ』ってイラつく」

と、下の世代はシラッと見ている。

しかしそんな下の世代に言いたいのは、「我々も疲れている」ということなのでした。笛吹けど踊らぬ若い人々を見て、「我々が踊らずしてどうする！」と、発奮して踊る、中年。単純に「踊りたいから」という理由もありますが、時には足腰が痛いのに無理して踊る時も、あるのです。静かなダンスフロアが哀《かな》しすぎるからと、ほとんど半泣きの表情で踊っている中年もいることを、若者達は知らないことでしょう。

そんな我々は、引退が許されない世代でもあります。若い世代が交代してくれないので、いつまでもダンスフロアから退場することができないのです。

もちろんそこには、自分達の意思も、関係していましょう。結婚しても出産しても仕事を続ける人が多い、我々世代。同時に中年女性達は、結婚しても出産しても、「モテを諦めない」人々でもあります。

昔の女性は、結婚して出産したら、意識は「おばさん」になっていたのだと言います。子供の友達から、

「おばさーん、こんにちは」

と言われ、おばさん服を着ることによって、おばさんの自覚を深めていった。対して今の中年女性は、前述の通り、中年ではあっても、おばさんではありません。子供を産んでも、「異性から女として見られ続けたい」「いつまでもチヤホヤされたい」という気持ちを捨てることはないのです。

そんな女性達に、メディアも目をつけています。「いつまでもチヤホヤされたい」という欲求を叶《かな》えるにはどうしたらいいのか、という事例を載せた中年女性向け雑誌が、色々と発刊されました。女性の欲望を掘り起こす誌面作りに長《た》けた光文社からは、「VERY」「STORY」といった雑誌が。「美ST」という雑誌では、いつまでも老けずに美しい中年女性を「美魔女」と呼び、「国民的美魔女コンテスト」まで行われています。

美魔女は、あくまで特殊な人達なのです。私の身の回りにいるのは皆、普通の中年女達なのであり、

「美魔女というのは、一体どこにいるのか？」

「あれはネッシーのように幻の生き物なのではないか。本当に、実在するのか？」

などと語られている。

しかしその手の雑誌を見ていると、気持ちが焦ってきます。世の中の中年女性は皆、美人でモテて幸せな家族と充実した仕事を持っているのであって、美魔女でなければ中年失格、といった気分にすらなってくる。

四十代でも美しくてモテている女性が台頭する現象は、女性の平均寿命を考えると、自然な流れなのかもしれません。戦後すぐ、日本人女性の平均寿命は、約五十四歳。それから急激に平均寿命は延び、一九六〇年になると、七十歳に到達します。

ほんの五十年前、日本人女性は「人生、七十年」という感覚を抱いていたわけですが、だとするならば、五十歳が近づいてきた時、「そろそろ、人生の終《しま》い支度を始める頃だなぁ」と思ったのではないか。

しかし今、日本人女性の平均寿命は、どんどん九十歳に近づいているのであり、九十代女性の存在は、珍しくも何ともありません。「人生、九十年」となると、当然ながら感覚も変わってきます。人生が七十年ならば、さっさと子供を産み、育てる必要がある。しかし九十年もあるならば、何も急いでしなくてもいいよね、という感覚にもなりましょう。

人生は延びたけれど、子宮や卵巣の性質は向上していないというのが、今の問題点でもあります。人生九十年時代に合わせて、排卵も六十代くらいまで行われるならよいけれど、なぜか子宮や卵巣は、人生七十年時代のままの性質。だからこそ、

「えっ、卵子も老化するの⁉」

と、中年期になってやっと子供でも産むかとなった女性が、びっくりしているのです。

卵子の老化はまだ止められないようですが、しかしその他の部分の老化を、人類は必死になって食い止めようとしています。白髪は染めて、シミはレーザーで除去。シワにはボトックス注射を打ち、歯はホワイトニングで真っ白に。と、お金をかければ、誰でもある程度の美魔女になることができるようになったのです。

九十年も生きるのであれば、老年期だけ長くなるのではつまらない。できるだけ若く美しい状態で、生きていたいものよ。……と考えるのは、人情というもの

でしょう。

美魔女増加の背景にはそんな事情があるのだと思いますが、一般の中年にとっては、それもやっぱり疲労の種。「いつまで、頑張らなくてはいけないの」と、我々は思っている。

中年はそもそも、美しい存在ではないのです。枯れかけの花は、ついこの前まで満開であったからこそ、生々しい醜さを湛《たた》えている。完全に枯れて乾いた花よりも、枯れかけの花の方が醜いように、老年より中年の方が、不吉な醜さを持つような気が、私はしております。

しかし精神の衰えのカーブは、必ずしも肉体的衰えのカーブとは一致しません。肉体的には急激に衰えていく中、「私はまだ若い」という意識だけはキープしていると、肉体と精神の方向性が違いすぎて、とんちんかんな存在になってしまうことが、しばしば。

このとんちんかんさは、「私は、おばさん」という意識を皆が持っていた時代には、見られないものでした。「私は、中年ではあるがおばさんではない」とか、「私は、美魔女」といった人々が出現してしまったからこそ、本来なら「おばさん」として安定した人生を送るべき女性達が、外見的にも精神的にも、不安定になってしまった。その不安定さが、醜いのです。

当然ながら、その醜さを私は、自分の中にたっぷりと感じています。中年女性の姿を端から見ていて、「醜い……」と思うのは、自分の中に同様の醜悪さがあるからであり、つまり私が陥っているのは〝ガマの膏《あぶら》〟状態に他ならない。

いつまでも自分のことをおばさんだと認めることができない中年達がたらーりたらーりと流す、醜さと不安。それは、人生九十年時代に中年期を迎えたバブル世代ならではの、新手《あらて》の分泌物なのだと思います。そんな分泌物など無いかのように美魔女達は爽やかに笑っていますが、私の指はねっとりネバつく自分の汁を、明らかに感じている。

その分泌物を流し切って、カサカサの「老年」になったら、我々は楽になるのでしょう。しかし、中学生が高校生になる時のように、一気に楽になることは無いのだろうと、私は思っています。「いつまでもモテつつ美しく」という野望を、我々世代がそう簡単に手放すとは思えない。もしかすると我々は、おばさんにもおばあさんにもならないままに九十歳まで生きようとしているのかもしれず、いつまでも半生の自分をもてあまし気味なのです。

本書では、そんな中年達の半生生活について、綴《つづ》ってみました。人生七十年時代には考えられなかった、長い生乾き時代を生きなくてはならないからこその苦悩やジタバタを、今ここに……。

花の色は

中年期。それは、同窓会が盛んになるお年頃です。小さな子供を抱えててんやわんやという時期も終わり、それぞれの家庭生活もそろそろ落ち着いてくる頃。ふと、昔のことが思い出されるのでしょう。

昨今は、フェイスブック等SNSの流行により、簡単に昔の仲間とつながることができるようになりました。SNSがなければ一生消息もわからなかったであろう旧友とも会えるし、昔の恋人と連絡を取り出す人も多数。フェイスブックが中年達の間で大ブレイクしたのも、「昔を懐かしみたい」という中年期の欲求に合致したシステムであったからだと思われます。

私もまた、昔を懐かしむ行為を好みます。「昔の友達になんか会ったってしょうがない」というクールな人もいますが、過去の思い出をくちゃくちゃと反芻《はんすう》する甘い誘惑に、抗《あらが》うことができないのです。

同窓会等、昔の友人と会う時における大きな楽しみの一つは、自分と同い年の友人達の外見の変化を確かめる、というものです。あの人は全然変わっていないとか、この人は激変したとか、激変の方向性があまりにも怪しいから整形じゃないのとか、焦ったりびっくりしたりするのは面白いもの。

私は女子高出身なのですが、女子だけの同窓会であるにもかかわらず、

「同窓会を目標に、ダイエットした」

「私はエステへ」

といった人が多いのは、だからこそでしょう。同性同士は、見る目が厳しい。同窓会においてある先生が、

「ま、同窓会に来る人っていうのは、ある程度現状に満足している人だけだからね」

と、誰も言えない真実をズバリとおっしゃっていたのですが、おそらくは外見的にも「ある程度現状に満足」していないと、人は同窓会に出席しないのかもしれません。

私の場合、同窓会で心が浮き立つのは、「とてもきれいな人」を見た時と、「とても老けた人」を見た時です。きれいな人を見ると、「この年でもこの美し

さ！」と、単純に励まされるもの。昔は、美人と一緒にいると自分の引き立て役っぷりに落ち込みましたが、中年になると、一緒にいる人の容姿にひっぱられるのです。老けた人と一緒にいると自分もグッと老けて見えるので、なるべくきれいな人と一緒にいたいと思う。

「とても老けた人」を見る喜びは、シンプルです。すなわちそれは、「自分が一番下ではない」という安堵感《あんどかん》から来るもの。子供達は、ターゲットを決めて仲間外れにすることによって「下」に位置する子を作り出し、「自分は一番下ではない」と思おうとするものですが、同窓会における中年も、自分より老けた人を見つけては、「こんなに老けちゃって、可哀想《かわいそう》に。私の方がマシね」と安心するのです。

同窓会出席者達を最も喜ばせるのは、「かつての美人が老けていた」というケースです。ティーンの時代、女の子にとって「美人であること」は、何にも勝る利点でありました。成績の良さも育ちの良さも性格の良さも、顔の良さの前では霞《かす》んで見えたのです。

が、美人は永遠に美人ではありません。太ってしまった元美人もいるし、また目鼻立ちがはっきりした派手な美人は、平安顔の人よりも早く顔面に引力の影響が及ぶ。

　そして我々は、「かつての美人が老けていた」という状況を見ると、心の中で小躍りするのです。かつての美人は、高校時代はスクールカーストのトップ、すなわちクシャトリヤ（＝上）でした。ヴァイシャ（＝中）やシュードラ（＝下）的な立場の民は、常にクシャトリヤを下から仰ぎ見ていたし、「悲しいことだが、この関係性はずっと変わらないのであろう」と、諦めてもいた。

　しかしそれから三十年とか経《た》って再会してみると、意外なことにカーストの序列に変化が見られるではありませんか。もちろん、高校時代も今も変わらずクシャトリヤという人も、いる。しかし中には、老けてしまった元クシャトリヤもいるし、かつてはヴァイシャやシュードラであった人が、とてもきれいになっていることもあるのです。

　インドのカーストは、基本的に祖先からずっと変わらないものだと言いますが、容姿のスクールカーストは固定ではないということに、我々は中年になって気づきます。年月の力は、かくも強力なものなのです。

　高校時代に美醜のカーストのトップにいた人というのは、「ピークが早すぎた人」と言うこともできましょう。「人生六十年」の時代の体内感覚で、十八歳くらいに〝出花〟を迎え、急速にしぼむ。

しかし女性の平均寿命が九十歳に近づきつつある今、十八歳で出花シーズンを終えてしまうと、後がきついのです。最初の出花で力を出し切り、二煎目、三煎目はもう無理……ということに。

対して、ヴァイシャやシュードラの中には、いつまでも開花しないケースもあるものの、単に「開花が遅い」だけの人もいるのでした。高校時代はパッとしなかったけれど、それは力を温存していただけ。凹凸《おうとつ》が少ない顔立ちなので、中年になってもあまりシワができないとか、自分や夫の経済状況が良好なので容姿に思いきりお金をかけられるとか、様々な要因によって、中年期に容姿のピークを迎える人もいる。その手の人が元美人よりもきれいに見えるという、臥薪嘗胆《がしんしょうたん》というか捲土重来《けんどちょうらい》というか下克上、の現象も見られるのでした。

「元美人が老けていた」という事実はしかし、私達に下克上の痛快さを与えるばかりではなく、不吉さや恐怖をももたらします。それはすなわち、「兵《つわもの》どもが夢の跡」の感覚であり、また「祇園精舎《ぎおんしょうじゃ》の鐘の声」とか「沙羅双樹《しゃらそうじゅ》の花の色」の感覚でもある。

老けてしまった元美人がまとう不吉さは、日本人が昔から感じていたもののようです。それは伝統芸能、特に能においてしばしば取り上げられるのでした。

能では、小野小町《おののこまち》ものの演目が七つほどありますが、深草少将《ふかくさのしょうしょう》が小町のところに通いつめたとか、和歌に長けていたといった「小町はすごい」系が三曲、百歳の小町が老いさらばえた姿を晒《さら》す痛ましさにスポットを当てた「小町老残《ろうざん》」系が四曲。

小町もの以外でも、能は老女モチーフを好む芸能です。老残系の小町ものである「関寺《せきでら》小町」の他に、「檜垣《ひがき》」「姨捨《おばすて》」の三曲を、「三老女」と言うらしい。

同じ伝統芸能でも、歌舞伎や文楽で人気があるのは、ほとんど若い女性の役です。老女が出てくる場合、その多くが主役の母親とか祖母といった脇役であるのは、歌舞伎や文楽が庶民の芸能であり、好いた惚《ほ》れたといったわかりやすさが求められているからなのかも。

対して武士の芸能である能では、老女を頻出させることによって、武士が意識せざるを得ないであろう諸行無常感を強く出している気がします。老女ものというのは、数ある能の演目の中でも重要な存在であり、特に三老女の中の「関寺小町」は、最高・最奥の難曲とされ、滅多なことでは演じられないのだとか。謡曲の作者達は、老女という生き物の中に、人間の宿命、悲しさ、世の無常……といった深みを見たのでしょう。

能においては決して老女を揶揄しているわけではないのだけれど、しかし翁《おきな》の扱われ方と比べてみると、そこには明らかな違いがあります。能で「翁」といえば、長寿と幸福の神様。老人ではありますが、その老いた姿にはカラッとした目出たさが漂います。対して老女は、「長く生きてしまった女のすさまじい姿」となり、その姿は湿り気を帯びている。

なぜ、長く生きてしまった女がすさまじいのかというと、女が「かつて美しかった」からなのでしょう。絶世の美女であった人が年老いて、美女時代が想像もできないような姿となる。その転落ぶりに古《いにしえ》の人々もまた、我々と同じように恐怖と不安を覚えたのではないか。

小野小町は美女であったからこそ、能の世界においてしばしば老女として描かれました。醜《しこ》女《め》が老いても、醜形→老醜のマイナーチェンジということで、人々は「そうですか」としか思わないでしょう。が、絶世の美女が老いさらばえると、その落差の激しさから、重い意味が発生する。

小野小町は、日本を代表する美女です。おおいにモテた上に和歌にも秀で、才色を兼備していたらしい。さらにポイントなのは、「自分のことを美人だと思っていたきらいがある」というところだと、私は思います。

「花の色は　うつりにけりな　いたづらに　我が身世にふる　ながめせしまに」という、百人一首にある有名なあの歌における「花の色」は、言葉通りの意味に「自身の容色」とを重ねているという説があり、「自分の美を自覚していたからこそ、小町はそんな歌を詠んだのだ」と、私達は思うわけです。

その説を否定する人もおり、小町が「花の色」に込めた本当の意味は、本人に聞かない限りわかりません。が、後世の人々が「花の色」を「小町の容色」として捉えたがったことは、確かです。自らの容色が衰えゆくことを、人々は彼女に嘆いてほしかったのです。普通の人々は美女が大好きですが、それと同じくらい、「美女の不幸」も好きなのですから。

能において、落魄《らくはく》・老残の小町がしばしば描かれる背景には、こんな事情があるのではないでしょうか。ほとんど霊気が宿るほどの美しさを持っていた女性が老いさらばえた姿にもまた、霊気が漂っていたのだ、と。

小野小町の話が長くなりましたが、現在、私達が同窓会においてかつての美女が老けた姿を見て「うっ」となるのも、スケールはだいぶ小さいながらも、同じような感覚によるものだと思うのです。「卒都婆《そとば》小町」において小野小町は、卒都婆に腰掛ける乞食の老婆として描かれます。やがて、若い頃につれなくした深草少将の怨念が、老いた小町には取り憑いてしまう。そして同窓会で会う元小町は、若い頃は栄耀栄華を極め、お金持ちと結婚したけれど離婚してしまい、どこかやさぐれた雰囲気をまとった中年になっている。……と、卒都婆小町を重ねずにはいられないではありませんか。

美女の老化は、我々に「無常」の意味を教えます。美しく咲き誇った花もやがて散るように、美女の美も散ってしまう。老化した元美人の姿は、同じ姿を保ち続けるものなど何もないことを、そして変化を続けた結果として人は必ず死ぬということを、伝えてくれるのです。

しかし、小町が身を呈して教えてくれている無常の概念を、我々は全く学んでいません。もしも時が進むにつれて人が賢くなっていくのであれば、我々は白髪を染めることも、レーザーでシミを取ることもしないでしょう。異性と交わるのも、自然の美が自らに宿り、無理なく繁殖活動ができる時期のみとし、老化が進んで異性から求められなくなったならば、「モテたい」などという気持ちは静かに捨てるに違いないのです。

だというのに人は、時代が進めば進むほど、「無常」の二文字から目を背けるようになりました。科学技術も発達し、シワもシミも無くすことができるように。「常」をキープしたいという気持ちは、人類の中でどんどん強まっています。

この場合の「常」とは、若く美しい状態のことを言うわけです。人生の中で、最も外見が輝いていた時代を、人は都合よく「本来の自分」として捉えてしまう。初期設定が高すぎるが故に、後に訪れる変化に私達はいちいちオタオタするのでした。

が、「常」をキープしようとする人の姿は、やはり不吉なのです。顔やスタイルは完璧に美しいままキープしているのに、声帯だけは如何《いかん》ともすることができなかったのか、酒焼けしたような声の中年女性に接すると、私は禍々《まがまが》しい気持ちを禁じ得ません。それは、「老けてしまった元美人」を見た時に感じる不吉さと、同程度。

そういえば私の母も、六十代になった頃からレーザーでどんどん顔や手のシミを取り、すっかりきれいにしたのです。ですからその母が倒れて危篤となった時は、「こんなにきれいな肌だというのに、もうすぐ死んでしまうだなんて」と、私は枕頭《ちんとう》で思った。それは悲しい気持ちではありましたが、後から考えると、どこかで「死にゆく人の顔にシミが全く無いという状況は、不自然なのではないか」と感じていたようにも思うのです。

自殺でも事故でもなく、加齢によって自然死する人の顔が真っ白でつるつるというのは、誰もが手軽に老化に抗えるようになった時代であるからこその現象です。しかし人は、局部的にしか老化に抗えないから結果的には死んでしまうわけで、究極の老化現象である「死」と、白い肌とのちぐはぐな印象が、私の中には意外といつまでも残っているのです。

中年になっても不吉さをまき散らさないでいられる人というのは、してみると「安心して老けていく人」なのだと、私は思います。男性について考えても、不自然な髪型でハゲを隠したり、誰にも言わずにかつらを使っている人の周囲には、常に不穏な空気が渦巻いているもの。対してハゲっぷりを堂々とお天道様《てんとさま》にさらしている人の周囲は、いつも爽やかです。

同じように女性も、

「ふふ、私すっかり中年太り。シミもシワも。嫌になっちゃう」

などと言いながらシュークリームをぱくぱく食べているような人には、能の翁のような目出たさを感じるのです。

人生に欠落感を覚えている人ほど、激しく老化に抗うのではないかと思う、最近の私。「もっと褒められたい」「もっとモテたい」「もっと幸せになりたい」という気持ちが、人をアンチエイジングに走らせるのでしょう。

「安心して老けられる」ということは、今や本当に幸福な人のみに与えられた特権です。順調に中年太りをしつつ、頰にはくっきりと島のようなシミ。それでも夫には愛され子供達は素直に育ち、自分も仕事を頑張っている……という人がいるものですが、その手の人を見ると、私は手を合わせて拝みたくなります。彼女は、若く見える洋服を着ることもなければ、流行を追うわけでもありません。「どんなに老けても、私は幸せでいられる」という自信が、彼女に山のような不動の安定感を与えており、「山の神って、こういうこと?」と思う。

私がそんな境地に到達することは、これからも決して無いことでしょう。若さに必死にしがみつきながらも、それでも嫌々老けていく私。いつかこの世を去る時は、私の顔からもシミは無くなっているような気がしてなりません。

ハワイ

久しぶりに、ハワイに行ってきました。ハワイは、おそらく私の人生において最も多く訪れた海外デスティネーション。大学生の時に初めて行って「楽しすぎる！　快適すぎる！」と衝撃を受け、二十代の頃は毎年のように行っていたものです。

その頻度が次第に減ってきたのは、

「ハワイ、行かない？」

「行こう！」

というノリを共有していた友人達が、それぞれ仕事や家庭の事情で忙しくなったこと、そして、二十代の頃は紫外線のことなど全く気にせずに太陽の下に肉体を晒していたのが、そういうわけにいかなくなってきたという理由もあろうかと思います。

そんなわけで、今回ハワイを訪れたのは、約五年ぶり。ハワイの風は万人にとって平等に心地よく、中年女であっても脳天がパカッと開いたような気持ちになったわけですが、そんな快感に浸りながらハタと思い至ったのは、「中年は、ハワイでどのように過ごすべきなのか」ということ。

大学生時代の私は、「ガングロ茶髪のおねえちゃん」でした。当時、日本においてはまだガングロ茶髪ブームは起こっていなかったため、私や友人達は「早すぎたガングロ」。皆で一緒にいると、相当な異彩を放っていたものです。

しかしハワイに行くと、我々のスタイルはごく普通でした。顔色はあくまで黒く、露出度はあくまで高くしていても、誰にも何にも言われない。友人が運転するオープンカーでノースショアへと向かいつつ、あまりに楽しくて幸せで、「この瞬間のことを、きっと私は一生忘れないに違いない」と思ったことを、覚えています。

それから、幾星霜。私の顔には、たくさんのシミが存在しております。二十代も後半になった頃、「このまま日焼けを続けていたら、将来大変なことになる」という天啓を受けて日焼けを引退した私ですが、それまでの人生で既に人の何倍もの紫外線を浴びているのであって、その時点で日焼けを止《や》めても、時既に遅し。

若い頃にたっぷりと浴びた紫外線の置き土産が、現在の私の顔面を彩っているわけです。

日焼けを引退してからの私は、ハワイに行ってもがっちり日焼け止めを塗り、ゴキブリのように木陰をコソコソと歩くようになりました。砂浜に寝そべるなどということも怖くてできなくなり、夕方になってからちょっとビーチを散歩するくらい。

今回のハワイにおいても、私はつばの広い帽子で顔面を護《まも》りながら、横目でビーチを眺めていました。もちろん、ビーチにはビキニで寝そべる人がいっぱいいます。その人達の姿を眺めて思ったのは、「私も二十年前は、あちら側にいたのに」ということ。ビキニで寝そべる人々と、ビキニの人々を眺める私の間には一本の見えない線があり、私はいつの間にか、線のこちら側に来てしまったのです。

その線とはつまり、人生の夏と秋とを分ける線なのでしょう。海、太陽、ビキニ。それらが親友だったあの頃、私は人生のミッドサマーにおりました。そして、「夏は終わらない」と、真剣に信じていた。

しかし夏は、必ず終わります。ハワイは快適だけれど、「ここは自分の居場所である」と心から思うことができないのは、自分が既に人生の秋にいるからなのでしょう。

中年になると旅の仕方もまた変わるのだと、このように私はハワイにおいて実感しておりました。たとえば同じ「女二人旅」でも、若い娘さんと中年女とでは、醸し出す空気はずいぶん違います。若い娘さんの二人連れは、華やかだし健康的だし、つい目を奪われるもの。

対して中年女の場合は、まず女同士でハワイにいるという状態からして、「いかがなものか」感が漂うのでした。ワイキキでは、たまに中年女同士で歩く日本人も見かけたのです。が、服装は地味で露出度は低く、手足も顔も生白い中年女×2、という図は、若いビキニの娘×2、の姿と違って、いかんせんどんよりしている。

今回私は仕事でハワイに行ったのですが、たまたまスタッフが、似たような年頃の女性ばかりでした。さらには仕事ということで、皆がバカンス気分というよりは、働きやすさに主眼を置いた格好をしている。……となると、華やかな色彩が溢《あふ》れるハワイにおいては、どうにも陰鬱な集団なのです。

ここで痛感したのは、「中年女がハワイに来る時は、たとえどんな相手であっても、カップルであるべき」ということでした。中年女二人のハワイ旅には、どうしてもみじめな感じが漂います。たとえ相手が異性愛者ではなかろうと、男性とさえ一緒にいれば、その違和感はうんと軽減される。

女同士でハワイに来ている中年女も、ハワイを楽しんでいることは間違い無いのです。結婚していないのか、はたまた子育ての手が離れて「たまには女同士でハワイでも」となったのかはわかりませんが、女同士でのハワイがカップルでの旅とは違う楽しさをもたらすことは、私もよく知っている。

しかしハワイは、アメリカです。そしてアメリカにはカップル文化というものがある。アメリカ本土から来る人達は、老いも若きもほとんどがカップル、もしくは家族連れ。日本にはカップル文化は存在しないとはいうものの、若くない女が二人で海外旅行というのは、どうしても「幸せいっぱい」という風には見えません。

これが別の場所であれば、中年女同士の旅でも、さほど目立たないこともあるのです。たとえばお隣の韓国は、我が国と同様に儒教文化圏の国であり、我が国と同様にカップル文化ではなく同性同士文化の国。さらには我が国と同様、晩婚化・少子化が進んでいるので、必然的に同性同士の行動も多い。日本の中年女が、二人もしくはそれ以上の数で韓国を旅しても、違和感はありません。

対して、欧米。カップル文化が存在する国において、中年女同士の旅は、悪目立ちするのでした。日本の中年女というのはお金を持っていますから、女同士で高級ホテルに泊まり、お洒落して高級レストランへ行ったりもするわけですが、その手の場所においてはますます、中年女同士というのは変。

誰と行くかという問題の他に、今回のハワイでは、「中年女は、南の島で何を着るべきか」という問題にも、私はぶち当たりました。たとえば、水着について。

私が若い頃は、ワンピースの水着がもっと市民権を持っていました。が、最近の若者でワンピースの水着を着ている人といったら、競泳の選手くらい。プールや海でビキニの若者を見ると、全員痩せていてスタイルが良いのです。

「太っている子はどうするわけ？」

と若者に聞いたら、

「そういう子は、水着を着るような場所には行かないんです」

との答え。水着といえばビキニとなった今、スタイルに自信が無い子は、プールや海といった浮かれた場所から排除されてしまったのだそう。

そして、中年。ハワイに来れば、中年であろうと老年であろうと、大胆なビキニを着る欧米人はたくさんいます。堂々と着こなす様は、格好良くもある。

しかし、我々はやはり「身の程を知る」ことをよしとする、儒教の国の中年女。「この腹を、この尻を、このキャピトンを他人様《ひとさま》に晒していいわけがない」と思うのです。

たとえ痩せていても、中年がビキニを格好良く着こなすのは難しいものです。痩せている中年というのは、水着を着ると貧弱以外の何物でもなくなります。貧乳とはいえ乳である以上、重力の影響を受けて下がってくるわけで、その結果胸に浮かぶのはアバラの陰翳《いんえい》。アバラとビキニというのは、キャピトンとビキニよりもいただけないカップリングです。

では諸事情を覆い隠してくれるワンピース水着を着ればいい、という話になりますが、これは南の島において、いかにもモサいもの。どこかの奥地から来ました、という感じになってしまう。

中年期になって以降、水着を着なくてはならない時に私が取る苦肉の策。それは、「ワンピースではなくセパレートではあるがビキニではなく、何となく腹を覆っている」という水着を着ることなのでした。

我が弱点は、だぶついた腹部。探せば世の中には色々な水着があるもので、そんな腹部をそっと隠してくれる、けれどワンピースではない、という水着が見つかったのです。あまりにも中年には理想的な水着なので、ここ数年はずっとそれを着用している。

そんな中途半端な水着を着て、ハワイにおいては海に入ってみたりもした、私。しかし、そんな自分をふと客観的に見て、思ったのです。「何だか私、美しくない！」と。

昔の自分が、ハワイのビーチにおいて輝くように美しかったというわけではありません。が、ガングロ茶髪の私は躊躇《ちゆうちよ》なく肉体を露出し、少なくともその場にしっくりはきていた。「自分はここにいていいのだ」という確固たる自信を持って、堂々とビーチにいることができたのです。

対して、中途半端な水着の自分がハワイのビーチにいる姿は、間違ったパズルのピースがそこにだけはまっている感じ。中年って、こういうことなのだ……と、私は青い空、青い海という背景の中のグレーの点として、思っていたのです。

旅をすること、そして旅先に馴染《なじ》むことが最も難しい年頃、それが中年。中年を通り越して老年に達すれば、旅のスタイルはまた、確立されるのです。どんな場所でもおじいさんおばあさんの姿はしっくりくるのであり、ハワイでも、アロハのおじいさんとムームーのおばあさんといった老夫婦は、可愛《かわい》らしいものです。

しかし中年は、まだ「何をしても可愛い」というほどには乾いていません。ムームーなど着てしまうと「寝間着ですか？」という感じだし、かといって短パン姿は生臭い。……ということで、中年になると旅先に溶け込むことが困難に。

鉄道が好きな私は、たまに日本で鉄道一人旅もするのですが、中年期になってからは常に、「これでいいのか」と思いながら旅をしています。三十代くらいまでは、一人旅をする姿も、何となく様になった気がするのです。ローカル線でボックスシートに一人で座って車窓の景色を眺めても、「一人旅をしながら、まだ見ぬ未来を夢見る」的なロマンティックな空気が漂ったような気が、しないでもない。

しかし中年女がローカル線のボックスシートで一人で景色を眺めているというのは、どう見てもロマンティックではありません。明らかに地元の人ではない格好、しかし一人旅適齢期というわけでもない。周囲の人に「泥沼不倫に破れた末に身投げでもするんじゃないか」と心配される恐れが大。

アジアの安宿を流れ歩くようなバックパッカーもまた、同じような悩みを持っているらしいのです。知り合いの旅好き中年男は、若い頃からのバックパッカー。今でもたまにその手のことをするらしいのですが、「安宿に、そしてバックパッカー姿に、どうもしっくりこなくなった自分を感じる」と言います。

「安宿という背景には、若者が似合うんだよなぁ」

と。

昔の中年は、こんなことに悩まなかったことでしょう。何故《なぜ》ならば、「中年は旅をしなかった」から。

中年というのは、人生で最もしっかりしていなくてはならない時期です。仕事でも家庭でも頼りにされ、忙しくもある。子育てにも親の世話にもお金と手間がかかり、旅をするとしたら出張か家族連れ。とても自分達だけで旅をする余裕はありません。

昔から、旅をよくするのは、若者かお年寄りでした。お金は無くとも時間はある若者は、体力勝負の貧乏旅行を。お金も時間もたっぷりあるお年寄りは、面倒の少ないパッケージツアーを。世代に合わせた旅行方法が、そこにはあったのです。

そんな時代が長く続いたからこそ、「中年旅」の手法は、まだ確立されていないのだと思います。中年は、「家族のケアや会社員生活が終わったら、私も自由に旅をするのだ」と、夢見る立場だったのですから。

しかし今、忙しいはずの中年も、旅をするようになりました。ずっと独身でいる人。配偶者の理解があるために旅に出られる人。安定した職業についていないので時間に余裕がある人。……等、昔であれば考えられなかった類の人が、若い頃からずっと旅をし続けているのです。

今時の中年はバブル世代であるため、若い頃に様々な旅をしています。旅の楽しさを知っているが故に、中年になったからといって旅を止められないのでしょう。

そういえば皇太子妃雅子さまもまた、バブル世代の中年女性なのでした。雅子さまが心のバランスを崩される前に、「もっと海外での公務をしたい」といった意思を表明されましたが、雅子さまは、旅行のみならず、色々な国での生活も体験された方。異文化を体験する楽しみを知ってしまった方であるからこそ、皇室に入ってもその楽しみを簡単には手放せなかったのではないか。

「中年の旅」は、まだまだこれから開発可能な市場であると思います。体型をカバーしつつも南の島にも馴染む、中年向けの水着。お洒落だけれど紫外線をしっかりカットする帽子。旅先で歩きやすいけれど、ちょっとしたレストランに行ってもおかしくない靴。……といった商品開発も、これから期待されるところ。また、一人で旅をしたい中年のためのサービスやシステムも、開発が待たれます。

ハワイにおいて、自分が人生の秋にいるという事実を突きつけられ、「自分はここにいてもいいのだろうか」という気持ちになった私。しかし実は、学生の頃に何度も一緒にハワイに行った仲間達と、私は秘《ひそ》かな約束をしているのでした。それは、

「五十歳になったら、また皆でハワイに行こう」

というもの。子育てに仕事にと、三十代・四十代をそれぞれ夢中で過ごしてきたけれど、五十になったらまたあの頃のようにハワイに行って、オープンカーでノースショアまでドライブしようではないか、と。

その頃になったら、中年女だけの旅も、もっと快適にできるようになっているのかもしれないなぁ……。などと思っていたのですが、考えてみれば五十歳なんてあと数年でやってきてしまうではありませんか。

端から見たら、五十女同士のハワイというのは、かなりすさまじい姿かとは思います。が、おそらく私達は、そんな視線を見て見ぬフリをして、おおいに楽しむに違いないのです。「端からどう見えるかなど、気にしない」という境地に達

した時、中年旅はきっと完成するのであり、そこを入り口として「老人旅」の段階に、突き進んでいくのだと思います。

親旅

私の親は、二人とも他界しております。父は私が三十八歳の時に。そして母は、それから六年後に他界。

そんなわけで、私は介護というものをほとんど、否、全く経験したことがありません。父が病気になった時は、その世話をしたのは母。私は、入院した時にお見舞いに行く程度だったのであり、自らの手で父の面倒を見たことはありません。

さらに母は、ある日倒れて翌日に他界という、ほぼ突然死だったので、やはりそこに介護が発生する時間がありませんでした。結婚もしていないので、配偶者の親御さんの介護をするということも、どうやら無さそう。

「親不在」という状況に、最初のうちは同情されたのです。

「可哀想に……。何かあったらいつでも言って」

「お母様、若すぎたわ！」

などと。

しかし時が経つにつれて、次第に皆さんの言葉に変化が見られるようになってきました。母の友人達は、

「お母様、本当に子供孝行よね。あなた達に、迷惑をかけたくないって思われたのね」

とか、

「あの時は早すぎるって思ったけど、もしかしたら一番良い時に亡くなったのかもしれないわね。老いる苦しみを、味わわずに済んだんだもの」

と、ギリギリ六十代のうちに他界した母について、言うようになったのです。母の友人達は、自分が七十代になったということで、身体のことや家族のことなど、心配事も増えてきたのでしょう。

そして私の友人達は、次第に私のことを羨むようになってきました。

「介護経験ゼロだなんて、ずるすぎる。〝ノー介護税〟を払うべきよ」

とか、

「親御さんがいないって、寂しいとは思うんだけど……、正直言っていいなぁって思う」

と。

なぜ友人達が私のことを羨むのかといえば、「既に親の問題から解放されているだなんて、何てラクなの！」と思うからに他なりません。そう、中年期というのは、親の問題がググッとクローズアップされるお年頃。それまでは、まだ「親に面倒を見てもらっている」という意識を持っていた人も、完全に「親の面倒を見ている」という意識に切り替わる時期なのです。

そのことが最も端的に現れるのが、旅行においてなのだと思います。二十代女性と四十代女性とで話していたある時、話題が「親との旅行」について、となりました。四十代女性は、ご両親ともに健在。

「たまに旅行に連れていくけれど、もうそれが大変で……。食べるものを決める時でも『何でもいい、あなた決めて』とか言うし、それなのに私が決めたものが出て来ると『こんなの食べたくない』とか言うし、とにかくイライラしっぱなし。修行だと思ってお勧めしているわ。まだ体力があって、海外に行きたがるのが面倒で。温泉一泊くらいで納得してくれるといいのだけれど……」

と言えば、二十代女性はポカンとした表情。彼女は、

「私はまだ、親に連れていってもらっているんですよねぇ。費用の負担が親であ

るのはもちろんのこと、行き先もスケジュールも、親が決めます」

と言うではありませんか。

親無しの私としては、審判的心情で両者の話を聞いていたのですが、四十代の気持ちは、よーくわかる。かつて母と一緒に海外に行った時は、イライラが募って絞め殺しそうになったものです。

一方、二十代の話も、「そういえば私にもそんな時代があったっけ」と、聞いていたのです。私も二十代の頃に親と海外に行ったことがありますが、その時は完全に「連れていってもらう」側でした。親の方が行き慣れた場所だったということもありますが、親もまだ若く、ちゃっちゃと行動していた。

「連れていかれる」と「連れていく」の、逆転現象。それがいつ起こるのかはそれぞれの家族によって異なりますが、子が親を「連れていく」となった瞬間から、どうやら子供というのは猛烈に、イライラし始めるようなのです。

私の場合、それはいつだったのかと考えてみた時に思い出されるのは、母の背中なのでした。私の母はとても歩くのが速い人で、子供の頃は一緒にいると私の方が小走りでついていく、という感じでした。いつも母の背中を見ながら、私は歩いていたのです。

が、大人になって一人暮らしを始めた私が実家に戻ったある日、母と一緒に最寄りの駅まで歩いていて、ふと気づきました。「母の背中が見えない」と。つまり、母の歩くスピードが、私より遅くなっていたのです。

実際に歩くスピードが遅くなったわけではないことも考えられます。既に独立した娘と一緒に歩く時、「歩行のイニシアティブを娘に取らせよう」と、母は思ったのかもしれません。とにかく、「目の前にいるおばあさんを追い越すか否か」とか「どの角で曲がるか」といった歩く上での意思決定権が、いつの間にか私に移っていたのです。

おそらくその時期は、私の三十代前半のどこか。私が「親も、年をとる」ということを初めて意識した瞬間かもしれません。

そうこうするうちに、旅でも食事でも、完全にこちらが「連れていく」側になったわけですが、しかしなぜ人は、親を「連れていく」ことにイライラするのでしょうか。

今思い返してみると、それは「新しい役割に慣れていない」ことからのイライラだった気がします。それまで三十余年もの長きにわたって、親＝主、子＝従、という関係で安定していたものが、親＝従、子＝主、と正反対になると、やはり最初は戸惑いが出るのです。子は、慣れない「主」の立場になったせいで、やけに強権的に振る舞ってしまったり、また急に老いた親を見て、情けないような気持ちになったり。

親側もまた、戸惑っていたのでしょう。子に指図されることが腹立たしく思えたり、また子の配慮が足りないと思ったりするシーンも、多々あったに違いない。

私の場合は、自分が完全に大人になり切れていないが故に、「できればずっと『連れていってもらう』側でいたかったのに……」と、嫌々ながら「連れていく」側の役割を演じていたきらいがあります。その上、親がまだ十分に元気で生々しかったもので、互いの意思がぶつかることもしばしば。それで、イライラしていたのだと思う。

このように、中年初期は、子も親も、慣れぬ役割を背負っているが故の、ぎくしゃくした関係が生まれるわけです。私の場合は、役割に慣れないうちに親が他界してしまったわけですが、しかし年月を経ることによって、普通はそれぞれ、役割が身についてくるのではないでしょうか。

たとえば、国内の温泉地。八十代くらいのおばあさんを連れた初老の娘さんの姿を見かけると、おばあさんはもうすっかり、「連れていかれる」側の役を自分のものとし、泰然と娘さんの言うことに従っています。娘さんの方も、「母を連れていくのは自分」という、確固たる自信に溢れており、大変そうではあるけれど、イライラはしていない様子。

「親にイラつく」というのは、世代的な特徴なのではないかと思うことも、あるのです。今の若者を見ていると、「友達家族」といった感じで、お母さんはもとより、お父さんとも大人になってからもずっと仲良し、という人が多い。恋愛のことでも何でも親に話し、父親は最初からイクメンだったので、娘はパンツもブラジャーも父親に洗濯してもらって平気、という世代です。

そんな世代が中年初期にさしかかった時、果たして「役割交代によるイラつき」など、感じるのでしょうか。もともと親子関係に主も従もなくフラットな関係だったのなら、そのままずっとフラットであり続けるのではないか。

対して我々の世代は、まだ親は主で、子供は従でありました。その割には、「世の中はどんどん良くなっていく」という時代に育ったので、親よりも子供の方が学歴が高かったり、職業選択の自由があったり、経験が豊富だったりする。

親が主、という建て前がありつつも、子供の方が様々な経験値が上。……と、そんなねじれ現象があったからこそ、我々世代の親子関係は複雑だったのでしょう。特に子が女である場合は、自分が叶えることができなかった夢を母親が娘に託しつつも、娘が自分よりうんと成功してしまうとそれに嫉妬する、といった関係にもなりがち。「母と娘」の関係の難しさとドロドロさが盛んに言われるようになったのは、我々の世代が大人になってからのことではないか。

中年初期の親子旅行というのは、そんな親子間の複雑な関係が濃縮される数日間なのでした。我々世代は旅行経験も豊富なので、罪ほろぼし感覚で親にも贅沢《ぜいたく》をさせてあげようと、洞爺湖《とうやこ》のザ・ウィンザーホテルだの志摩観光ホテルだのに連れていってあげる。だというのに好意が裏目に出て、

「あなたはいつもこんな贅沢しているのね。私なんか……」

とひがまれ、せっかくの贅沢が全く功を奏さなかったり。かといって安い温泉宿に連れていけば、料理がまずいだのトイレが汚いだのと愚痴はいくらでも出て来る。

親としても、子供に「連れてきてやっているのだ」という顔をされながらの旅は、楽しめないのかもしれません。そして「連れていかれる旅」は、やはりお仕着せの服のように、自分にはぴったり合わないのかもしれない。

あまりに面倒臭いからと、旅行に連れていかなければ、それはそれで文句が出

ることになります。

「○○さんちは、××ちゃんが沖縄に連れていってくれたんだって。いいわねぇ」

とか、

「○○さんちは、三世代でスキーに行ったそうよ」

などと、明らかに「連れていけ」とのサインが。

親達はおそらく、旅行の内容云々《うんぬん》よりも、「子供に旅行に連れていってもらう」という事実そのものを重視しています。

とか、

「今度、娘（もしくは息子）に、○○に連れていってもらうのよ」

「この前、娘（もしくは息子）に、○○に連れていってもらったの」

と周囲に言い、

「いいわね〜え」

と言われることによって、親の寿命は延びるのです。

私の知人に、なんとお姑《しゅうとめ》さんと二人きりでヨーロッパ旅行をしたという偉人がいます。

「だって、誰も連れていってくれないっていうから、可哀想で……」

と、彼女。偉人を通り過ぎて、もはや聖人と言えましょう。聖人である彼女は、もちろん実の親もちょくちょく旅行に連れていってあげている、親旅のベテラン。そんな彼女に親との旅をする時のコツを聞いてみると、

「とにかく、旅行だと思わないこと」

だと言っていました。旅行をするのだと思っていると、「あれ食べたい」とか「この店を見たい」という自分の欲求が出て来てしまう。しかし旅行だと思わずに出張とか業務だと思えば、自分も楽しみたいという気持ちは消えて、ひたすらアテンドに徹することができる、ということではありませんか。

そのためには、

「自分が行ったことの無い場所を選んでは、駄目」

ということなのだそうです。それは、行ったことがある場所の方が案内もしやすい、という理由ばかりではないのだそう。

「自分の知っている場所だと、『あれ食べたい』『これ買いたい』っていう自分の欲求を、抑えることができるのよ。これが初めての場所だと、どうしても自分もしたいことが出て来て、それが親のせいで満たされないとイライラしてくるのよね。それを防ぐためにも、なるべくよく知っているデスティネーションを選ぶの

が重要」

ということなのだそう。

なるほどね〜、と私は納得しました。親が生きていたら実行してみたかったものだ、とも。

その感覚は、小さな子供を持つ親のそれと、似ています。子育て中の親は、旅行をする時も「子供がしたいことをさせる」のが優先。子供を満足させ、子供の経験値をアップさせるために決行するのが、家族旅行。老親とその中年期の子供による親子旅行は、まさにその感覚を逆転させるとうまくいくということなのでしょう。

しかし、そんな親旅のベテランであり聖人でもある彼女も、お姑さんとの二人旅には、さすがに疲労困憊《ひろうこんぱい》したそうです。

「今までお義母《かあ》さんと過ごした時間の合計より、うんと長い時間を二人で過ごすことになったわけで……。いきなり二人旅に出たのは、よく考えたら無謀だったのかも。でも、お義母さんのしたいことは、ほとんどさせてあげられたと思う……」

と語る彼女は、やはり帰国後すぐに高熱を出して寝込んでいました。

彼女は、天にとてつもない宝を積みました。彼女のお姑さんは帰国後、

「お嫁さんがヨーロッパに連れていってくれたのよ」

と何度も語り、そして、

「いいわね〜え！」

「何て良いお嫁さんなの！」

と、羨ましがられたことでしょう。その羨ましがられるという気持ち良さは、確実にお姑さんの細胞を若返らせたに違いないのです。


私はもう、「親を旅行に連れていく」という行為はこの先一切しないことになります。友人達は、親との旅行に行く度に、まるで出征兵士のような顔で、

「いいよね、酒井は……」

とつぶやくのでした。その気持ちがよくわかる私は、

「帰ってきたら思いっきり慰労してあげるから、とにかく頑張って行ってきて！そして生きて戻ってきて！」

と送り出すしかないのです。


しかし親が死して後、親子の関係を客観的に眺め、そして様々なスキルを積んでみると、「ああ、今だったらもっと親を楽しい旅行に連れていってあげられた

のに」と思うこともあるのでした。そして、自分が旅行で楽しい思いをすると、ちょっとおセンチ気味に「親も連れてきてあげたかったものよ」とも、思う。

が、次の瞬間に脳裏に浮かぶのは、「いやいや」という言葉。いなくなってしまったからこそそんな風にウットリしているのであり、我が親子の実際の性格を考えたら、親子旅をする度に、互いに神経をすり減らしていたに違いない、と。

そんなわけで、自分が旅行をする度に、仏壇に向かって、

「今日からハワイ（でも京都でもどこでもいいのですが）ですよ〜、一緒に行こうね〜」

などとつぶやき、親孝行をしたつもりになっている私。草葉の陰で、親が「手を合わせるだけでお手軽に親孝行気分に浸ってるんじゃないわよ」と言う声が、聞こえてくるような気がしますよ……。

チヤホヤ

いつも不機嫌な顔をしている、A子ちゃんという友達がいます。彼女は、仕事も結婚も子供も手に入れている、「全てを持つ女」。端から見たら、何の不満も無いように見える生活でありながら、いつも不満気なのです。

話を聞けば、不満の理由もわかるのでした。二十代で結婚した夫とは、第二子の妊娠時以降、セックスレス。面倒なので離婚はしないけれど、ほとんど愛情も感じられない。子供達も高校生や中学生となって親のことをないがしろにするようになり、昔はママにべったりだった息子は、

「うるせぇんだよババア」

などと口にするように。

会社には嫌な上司がいるのがストレスだし、自分では「私って年の割にイケてるのでは?」と思っているのに社内ではすっかりおばさん的ポジションであり、

腫れ物的存在であることも感じられる。確かに全てを持ってはいるけれど、妻としても母としても、そして職業人としても、あまり幸せでないと言うのです。

そんな彼女と一緒に、昔の仲間が集まる会に行った時のこと。中年になると盛んになるのが同窓会的な行為であり、我々もまた例外ではありません。最もイキが良かった学生時代に共に遊んでいた男女の、プチ同窓会が開かれたのです。

その場において、A子ちゃんの顔は、普段と全く違いました。ここ数年、見たことが無かったほど瞳は生き生きと輝き、頬はほんのりピンク色に。

彼女の表情を激変させたものは何かというと、「チヤホヤ力」に他なりません。彼女はもともと美人であり、学生時代はおおいにモテたものでした。その頃の仲間が集まったわけですが、既にハゲ気味だったりデブ気味だったりする元男子は口々に、

「A子、変わってないなぁ！」

「相変わらず可愛いじゃん」

などとチヤホヤ。みるみるうちにA子ちゃんの表情は変わっていき、声のトーンも一オクターブほど高くなっているではありませんか。その激変っぷりはほとんどエロいほどだったのであり、きっと女性ホルモンも、活性化していたに違い

ありません。

私はそんなA子ちゃんを見て、チヤホヤ力というのはどんな薬よりも女性に効く、ということを実感しました。多少の病気ぐらいは、ちょっと男性にチヤホヤしてもらえれば治ってしまうのではないかと思うほど、肉体そのものに響くのです。

さらに思ったのは、「中年期のチヤホヤ不足」という問題です。若い頃にチヤホヤ慣れした女性達の心身には、中年期にぶち当たる「チヤホヤの激減」という現実が、深刻な打撃を与えているのではないか、と。

A子ちゃんの例で言えば、彼女は若い頃、誰もが羨むほどにチヤホヤされる人生を送っていたのです。男子からは「きれい」「可愛い」と言われ、その評判は他校にも鳴り響くほど。女子からも、その美しさは賞賛されていました。いつも派手めな友達に囲まれ、格好いいボーイフレンドを欠かすこともなかったのです。

大学を卒業して就職しても、チヤホヤの時代は続きます。同僚からも上司からも可愛がられ、難なく結婚。子供が生まれれば、子供はママのことを一心に愛してくれた。

が、しかし。子供の頃から右肩下がりになることを知らなかった「チヤホヤ曲線」が、三十代後半くらいから急激に下降し始めたのです。美人とはいうものの、子育てしながら仕事をするというハードな日々を送るうちに、それなりに容色は衰えてきます。少し太ったりしたこともあって、おばさん的な貫禄《かんろく》も備わった。職場では若い女性が増え、男性達のチヤホヤ行動は、そちらに向けられるようになったのです。

家庭においても、チヤホヤされなくなりました。結婚当初はラブラブだった夫とは、若い頃から付き合っているカップルではしばしばあることですが、セックスレス&会話レスに。夫の浮気騒動もありました。腹いせに、自分も男をつくってやれと何度も思ったけれど、そこで気づくのは「中年はそうそうモテない」という事実。かといって、韓流《ハンりゆう》にはまるのはプライドが許さない……。

若い頃、人並み外れてチヤホヤされていたA子ちゃんだけに、チヤホヤされないことに慣れるのは、容易ではなかったのでしょう。彼女がいつもパッとしない表情でいるようになったのは、この頃からでした。

私のような者、すなわち若い頃からさほどチヤホヤされなかった者の場合は、彼女ほどの落ち込みは味わわずに済むものです。若い頃に多少のチヤホヤ体験にあずかったことはあるものの、己を知る私は、チヤホヤは無尽蔵だとは思っていません。「ありがたいありがたい」とスルメを齧《かじ》るが如《ごと》く、貴重なチヤホヤ体験を少しずつしゃぶりながら生きてきました。

中年になればもちろんチヤホヤ量は減るものの、減り幅というのはA子ちゃんのような人に比べると、グッと少ない。その分、ショックも少なくて済むのです。対してA子ちゃんのような人は、中年になってチヤホヤされなくなることによって、チヤホヤの幻肢痛のようなものを、味わうようなのでした。昔ならば、出会った異性は全員、挨拶のように自分のことを褒めたものだのに、今となっては褒め言葉を聞くことができないのです。「自分はもっとチヤホヤされるはず。だのに、何故……?」と、表情は暗く。

ですからプチ同窓会において、

「変わってない」

「相変わらず可愛い」

と元男子達に言われた時は、砂漠状態であった彼女の心に、恵みの雨が降り注いだ瞬間でした。ここ数年来見られなかった満面の笑みを浮かべてキャーキャーと嬌声《きようせい》を上げる彼女は、まさに「生きている」という感じ。「そうそう、本来はこういう人だったのよA子ちゃんは!」と、私も弾むような気持ちになったものです。

しかし夜遅くまではしゃいだプチ同窓会の一ヶ月後、A子ちゃんに会うと、また彼女はどんより顔に戻っていました。

「この前は、久しぶりに楽しかったな……」

とは言うものの、あの時の目の輝きはもう見られない。一晩だけのチヤホヤシャワーを浴びて元気になったものの、翌日からは再びチヤホヤ砂漠の生活となり、一ヶ月後にはすっかり元に戻っていたのです。

自分だったら、たとえ一晩でもあれだけチヤホヤされたら、後半生はその思い出だけで生きていけそうだけどねぇ……。と私は思いましたが、それはチヤホヤ慣れしていない者の心理。A子ちゃんのような人は、「チヤホヤされた思い出」ではなく、常に本当にチヤホヤされていないと、生き生きしていられないのでしょう。

チヤホヤされるのは、確かにものすごく、嬉《うれ》しくて楽しいものです。一対一でチヤホヤされるのも嬉しいし、大勢にチヤホヤされるのも嬉しい。皆の前でチヤホヤされれば鼻高々な気持ちになりますし、オーバーに言うならばチヤホヤは、「私はこれでいいのだ」という自信につながるのです。女性にとってチヤホヤとは、ひと匙《さじ》あれば多少の嫌なことは忘れられるほど、劇的効果を持つ甘味料。

若い頃にチヤホヤされたならば、結婚して子供を産んだ辺りでチヤホヤの世界から引退するのが、かつては常識だったのだと思います。今まで自分は、十分にチヤホヤされた。だからこそこれからは、私が子供や若い人達のことをチヤホヤと可愛がろう、とかつての日本女性は潔く引退したのではないか。

しかし最近の日本女性は、結婚しようと出産しようと、「チヤホヤされたい」という欲求を持ち続けるようになりました。「チヤホヤ」という甘いお菓子を、ずっと食べ続けたがるのです。

欲求を持つのは勝手ですが、周囲は次第に、その欲求には応じなくなってきます。と言うより、周囲は「中年女性が、若い頃と変わらないチヤホヤ欲求をずっと持ち続けている」ということに、気づかないのです。チヤホヤされている二十代女子に対して、中年女性が「なんでこんなチンコロ女がチヤホヤされて、私が放っておかれるのだ」などとメラメラしていようとは、夢にも思っていない。

なぜ、私達はいつまでもチヤホヤを求め続けるようになってしまったのでしょうか。理由は色々とありましょう。「女たるもの、こうすべし」という女性の規範のようなものはどんどん消え去り、自由に振る舞うようになったこと。そして科学や医療の技術が発展して、女性の容姿が衰えにくくなったことも、関係しているのかも。

そして何よりも、時代のせいか世代のせいか、我々中年が若い頃に、「永遠にチヤホヤされることは可能だ」と思ってしまったことが最も大きな理由ではないかと、私は思います。

我々が若かった頃は景気が良く、「日本はずっと成長し続けるのだ」と思うことができました。「衰退」という言葉は、あの頃の日本と若者には無縁のものだったのです。

好景気の時代のチヤホヤは、不景気時代のチヤホヤとは異なり、物質的な実利が伴います。寿司《すし》やフグをおごってもらえたりプレゼントをもらったりと、チヤホヤのされ方もまた、ゴージャスだった。

そのようなチヤホヤに慣れた人達は、「日本も自分も、『衰える』などということがあるはずがない」と思ってしまったのではないでしょうか。チヤホヤの甘みの中毒となり、大勢からチヤホヤされたがり続けた人は、相手を一人に決めることができず、後世「負け犬」と呼ばれるようになりました。そして「一人の人から一生、チヤホヤされ続けるのね」もしくは「結婚ごときでチヤホヤされなくなるはずがない」と思って家庭を築いた人は、ある日ハタと、「私、ちっともチヤホヤされていないじゃないの！」と気づいたのです。

美魔女という言葉がブームになり、「この年なのにこんなにきれい！」という中年女性がクローズアップされるようになった昨今。彼女達はなぜ美魔女を目指すのかといえば、「チヤホヤされたいから」なのだろうと、私は思います。

「チヤホヤされたい」というのは、「モテたい」とは、微妙に違う感情です。「モテたい」には性愛が絡みますが、チヤホヤしてくれる相手は男であろうと女であろうとありがたいもの。性愛意識抜きの賞賛と言っていいでしょう。

美魔女になりたい人というのは、不特定多数からの、

「きれい！」

「とてもその年には見えない！」

「そんなに大きなお子さんがいらっしゃるなんて！」

というチヤホヤワードを、欲しているのです。そして「一生、チヤホヤされていたい」という野望を持っている。

美魔女コンテストにおいて、水着やドレス姿になっている中年女性達を見ていて思うのは、チヤホヤ欲求の根底にあるものは、「常にお姫様でありたい」とい

う子供の頃の気持ちなのだということです。お姫様というのは、きれいなドレスを着て、皆にかしずかれ、賞賛され、最終的には王子様から求婚されます。

そして何よりも大切なのは、「お姫様は、無責任でいい」ということ。お姫様は自分の責任において何かを行う必要は無く、ただ美しくさえあれば、皆に褒めてもらえるのです。さらには、必死の努力をして美しさを得たのでなく「たまたま、美しかっただけ」というのがお姫様。

今の中年は、大切に育てられてきました。きょうだいはたいてい二人、多くて三人ですから、戦中戦後の多産期の人達のように親から放っておかれたわけでなく、手塩にかけて育てられた。かつ、女だからといって教育に区別をつけられることもなく、できるだけ高い学歴を親から求められ、ピアノだのバレエだのといった教養というか芸というか、その手のものも与えられました。昔と比べると、お姫様のように手をかけてもらえたと言っていいでしょう。

かくして、自分とお姫様とを重ねる女性達が、大量発生したのです。彼女達は既に中年となりましたが、それでも「ずっと姫であり続けたい」と思っている。

お姫様は、他国の王子様と結婚すると、王妃とか皇太后になっていくものです。が、「姫」達はずっと姫のままでいたい。王妃や皇太后にはなりたくないのです。

世の中には、「自分の娘に嫉妬する母親」という人達がいます。成長した娘が青春を謳歌《おうか》してモテまくったり、自分の夫が自分のことは見もしないのに娘ばかり可愛がったりすると、その手の人は一瞬、鬼のような形相を見せることがある。

それは、「ずっと自分が姫でありたい」と願っている中年女性が、娘に姫の座を奪われてしまった時の、嫉妬です。娘が小さい頃は、「姫である自分を彩る一人」というアクセサリーのような存在だったのに、いつの間にか姫の座を脅かす存在に。しかし相手は、若くて無邪気な自分の娘。嫉妬の持っていき場がなく、母親は「チヤホヤされたい」という欲求をますます募らせることになるのでした。

そういえばA子ちゃんも、姫だったなぁ。美しくて、世間知らずで、ちょっと高飛車なその感じが魅力的で、男の子達からまさに「姫」と呼ばれていたりしたものだっけ。

しかし姫というのは、姫を卒業した後の身の振り方が、難しいのです。シンデレラだって白雪姫だって、格好いい王子様と結婚してハッピーエンドとなるわけですが、その先のことは描かれていない。シンデレラも白雪姫も、チヤホヤされなくなってからの人生において、暗い顔をして過ごしたのではないかしら……。

男性達は、何も考えずに若い女の子をチヤホヤするものです。可愛い子、きれいな子を褒めて何が悪いのだ、と。

しかし女の性《さが》にとって、それは後の人生にも影響を及ぼす行為なのでした。若い頃にさんざチヤホヤされたのに、チヤホヤがぷっつり途切れてしまった時の、元姫達の喪失感といったら。

ですから男性の皆さんにおかれましては、チヤホヤするなら一生、チヤホヤし続けるくらいの覚悟を持っていただきたい。ま、もちろんそんなことは無理でしょうから、昔自分がチヤホヤしたことがある女性に会ったなら、嘘《うそ》でもいいからまた、チヤホヤしてあげた方がいい。一晩だけのチヤホヤであっても、中年女性にとっては活力となるのです。

女性達も、「もう自分は姫ではない」ということを、いい加減に知らなくてはなりません。たまにチヤホヤしてくれる人がいるかもしれませんが、それは人道的な気持ちからであったり、大人としての礼儀からであったりするのです。

私達は今、誰かにチヤホヤされたならば、そのチヤホヤをどなたかにお返ししなくてはならないお年頃。誰かをチヤホヤすることによって、そのチヤホヤはまた、自分の元に戻ってくるかもしれないのであり、「チヤホヤは人のためならず」と、肝に銘じたいものです。

エロ

夏、東北のある町の盆踊りを見に行きました。そこの盆踊りの特徴は、編笠《あみがさ》や布で顔を隠して踊るということ。本来盆踊りというのは、この世に戻ってきた死者がふと踊りの輪に入ってこられるようにと、顔を隠して踊ったものなのだそう。この盆踊りでは、その習慣を守り続けているのです。

誰もが顔を隠して踊る姿は、妖艶でした。美醜や老若など、普通であれば一瞬で判別される容姿の差異は、そこでは問題にされません。肌が露出しているのは手と首のみで、手の表情やうなじの白さで、人目を惹《ひ》くか否かは決まるのです。チラリと見える肌から広がる、あれやこれやの想像……。

とはいえ雰囲気で、「あ、この人はかなりご年配」といったことはわかるわけですが、顔を隠すことによって得られる匿名性は、踊る人達をエロティックな気分にさせるに違いありません。盆踊りというのは古来、男女の出会いの場。踊りの輪からふっと消える男女の姿は、古今を問わず見られたことでしょう。

エロティックな気分になるのは、踊り手側だけではないようです。私が見物席に座っていると、向かい側の席の中高年のおばさま達の一団が、妙に沸いていたのです。どうやら踊りながら、チラッと顔を見せる若い男性がいるようで、その「顔のチラ見せ」に対して、キャーキャーしている様子。

踊り手は、若いとはいえ、芸能人でも何でもない、普通の地元の青年です。が、おばさま達は「隠されている顔が見えた」ということに、大興奮。もう「キャーッ！」という悲鳴ではなくて、「ギャーッ！」という雄叫《おたけ》びをあげています。

おおいに盛り上がっているおばさまグループを見た別のおばさまグループは、件《くだん》の青年が踊りながら近づいてくると、

「ギャーッ、顔見せてー！」

と、ストレートな要求をするようになりました。すると青年もまんざらでもないのか、またチラリと顔を見せる。するとおばさま達は、

「ギャーッ、イケメーン‼」

と、ビートルズ来日時もかくやの熱狂ぶりで、ほとんど失神しそうではありませんか。

その姿を見て、私の胸には様々な思いが去来しました。「何でも最初からあけっぴろげにしてしまうより、少しずつチラ見せした方が相手の興味を惹くことができるのだな」とか、「私も、ギャーッて言わないように気をつけなくちゃ」などと。

そしてもう一つ思ったのは、「人間、いくつになってもエロを求める気持ちは涸《か》れないものなのだ」ということです。青年に対して「ギャーッ」と言っていたおばさま達は、オーバー六十くらいの方々でしたが、イケメンを見る彼女達の頰は紅潮し、その瞳は濡《ぬ》れていたのであり、その様子はまさに「回春」。

いくつになってもエロ心があるのは良いことだとは思うのですが、その発露の仕方は難しいなぁと、昨今の私はしみじみ思います。中年期というのはセクシュアルな部分も涸れてくるお年頃ということで、その手の行為をしているか否かの個人差は激しいのですが、していくるからといって、「私、してます」というアピールが激しいと、中年であるが故に生臭くて目もあてられません。

同じように「私、モテるのよ」という主張も、他人にとってはグロいものです。「私は年下の男性にモテるの」と自己認識する中年女性であるB子さんという知り合いがいるのですが、彼女はいつも、

「この前も、○○君が私に気があるみたいだったのよね……」

といった話をしている。

「すごいわねぇ！」

と、こちらとしては感心するばかりなのですが、○○君当人と話してみると、

「この前、B子さんに会った時、参っちゃいましたよ。しなだれかかってきたり上目遣いで見られたり、あげくの果てにアヒル口のような表情まで。その媚《こ》びっぷりが、気持ち悪くて……。明らかに『狙われてる』と思って、早々に帰ってきました」

と言うではありませんか。

その話を聞いて私は、自戒の念を深くしました。B子さんは若い頃から、気に入った異性がいると、しなだれかかり等のボディータッチをしたり、上目遣いをしながら甘えん坊口調で話したりして、その異性を虜《とりこ》にしていたのです。が、今でも同じ手法が若い男性に効くと思っていたとは。

さすがにアヒル口は、近年になって会得した手法かと思います。が、若い男性にとっては中年のアヒル口もまた、気持ち悪かったらしい。

私はためしに、家に戻ってから鏡の前でアヒル口をしてみたのですが、そこに

見えたのはくっきりとしたほうれい線。「確かにこれは中年には禁物……」と思ったことでした。同じように上目遣いにもトライしてみたのですが、こちらは一瞬にして、無数のデコジワが走る。「うわーっ、絶対にこの顔もしちゃ駄目！」と、すぐさま上目遣いも封印。

また、巨乳のC子さん。彼女は、やはり若い頃から巨乳モテしていました。切れ込みの深いVネックで胸の谷間を見せて、男性をドギマギさせたりしていたものです。

中年となった今でも、その〝谷間誇示〟が行われることがあるのです。が、彼女が谷間の見える服を着ている時、周囲は明らかに硬い表情になっているのでした。そして後から、

「中年の谷間はキツいっすよ……」

などと、男性がぼそっとつぶやいたりする。

確かに、中年の谷間が感じさせるのは、色気というより母性です。誰しもお母さんの胸の谷間は見たくないわけで、食事の席でちらつかせられると、「見てはいけないものを見た」と、硬い表情になるのではないか。

このように、中年期のお色気アピールというのは、よほど気をつけないと、

「気持ち悪い」という扱いを受けてしまうのです。以前、フェイスブック上で、ハワイに行った時の自分のビキニ姿（それも白）の写真を公開している中年女性がいたのですが、その写真もやはり、フェイスブックの外でおおいに話題となったものでした。

「確かにスタイルはいいし、見せたい気持ちもわかるけど、いたたまれない気持ちになってくる……」

「性格のいい人達は、『さすが今でも昔のままのスタイルを保っていますね！』とか書き込んだり『いいね！』を押したりしてたけど、私は決して『いいね！』とは言えない……」

と、人々をしんみりさせたのです。

美魔女だ何だと言ったところで、中年が自分の肉体や色気を披露することに対して、このように世間は厳しいのでした。きっとフランスの人なら、

「女性は、中年になってからが一番美しいのです。成熟した女性を愛せない日本人は、幼稚なのですね」

と言うことでしょう。

が、中年の色気に「うっ」となるのは、男性ばかりではありません。本当なら

ば「中年がビキニを着てどこが悪い」と怒ってしかるべき同胞であるはずの中年女性も、同じように「うっ」となるのです。日本人が中年の谷間や中年のビキニを見た時に「うっ」となるのには、成熟だ何だと言うよりは、古より続く文化的背景が関係しているような気がしてなりません。

新しいもの、若いものをよしとするのが、我々日本人。大人の男性が十代のアイドルに夢中になるのも、彼等が日本人だからなのであって、「どうして私達中年の成熟した魅力がわからないのだ。あなた達は程度が低い」と怒ってみても、仕方のないことです。私達中年女自身も、やはり中年女より若い娘の方が素敵だと思っているのであって、「ま、無理はない」とどこかで諦めている。

伊勢神宮《いせじんぐう》などにしても、ある年数が経過したら新しい場所、新しい建物にお引っ越しをします。まっさらなもの、清潔なものが大好きな我々は、中年の胸の谷間やビキニ姿に、不潔感を覚えてしまうのです。

日本人はまた、潔く身を引くことをよしとする国民です。大相撲の横綱は、ほんの少し衰えが見えたら、もう引退。だからこそ、もう肉体が崩れてきているのにお色気の土俵から降りない中年女は、眉をひそめられます。この時に漂う「不潔感」とはすなわち、「清潔ではない」ということではなく、「潔くない」ということなのだと思う。

とはいえ最近は熟女ブームではないか、と言う人も多いことでしょう。確かに、週刊誌には熟女ヌードが載っているし、熟女AVもたくさん出ているものです。

しかし私は、日本の熟女ブームというのは、フランス人のように「成熟した女性が好き」という男性が増えたから発生したものではないのだと思います。日本人男性は、「お母さんに面倒をみてもらいたい」という感覚で、熟女を好むのではないか。

実際、熟女ものAVの多くは、「母」ものです。義理の母と息子がいけない仲に、というケースが多いですが、実の母子が、という設定の近親相姦《きんしんそうかん》ものもある。いずれにせよ、経験豊富なお母さんが息子を導いて、全て面倒をみてあげるのが、母ものAVの常なのです。

「生身の女とセックスするのは、面倒臭いし傷つくのも怖い。二次元の女の子なら、断られたりしないから」と、バーチャル空間での性欲処理に走る男性が多い昨今。熟女を求める男性が増えたのも、おそらくは同じ理由からです。お母さんである熟女は、若い生身の女性のように、男性を傷つけたり恥をかかせたりしません。何せ相手は息子ですから、無条件で全てを受け入れてくれるわけで、バーチャル上の女の子と同じくらい安心できる相手が、熟女なのではないか。

たまに、うんと若い男性と付き合ったり結婚したりする中年女性がいますが、彼女達の性格を見ると、ほぼ百パーセントの割合で姉御肌、を通り越しておふくろ気質なのです。他人の面倒見がよく、「私についていらっしゃい」と、イニシアティブを取ることができる。異性に頼らないのだけれど、異性の顔は立ててあげるので、年下男性もメンツが立つのです。

対して中年になっても甘えん坊タイプの女性は、年下にはウケません。前述のB子さんのように、若い頃と同じ甘えん坊キャラで若い男性に迫り、「気持ち悪い」と思われてしまうのが関の山なのでした。

かといって、色気を全く無視して生活するのも、評判が悪いものです。「色気なんてどうでもいいわ」と、白髪まじりのバサバサした髪をしていると、今度は「潔くない」ではなく「清潔ではない」という本来の意味で、「不潔っぽい」と思われてしまう。

どうすればいいのだ中年の色気は、と思うわけですが、周囲の中年女を見ていても、実践的お色気ライフの方面においては、過剰か過少かの二極に分かれるようです。

圧倒的多数なのは、「そんなこと、もうしばらくしていないわ」という、セックスレス派。結婚している人はもう結婚生活も長いということで、「今さら……ねぇ」という感じ。既に寝室は別、という人も多い。

中年女が数人で集まると、全員がセックスレスライフを送っているということも珍しくありませんが、その手の人達の中で多いのは、

「それほどしたいわけではない。……けれど、もう一生しないのかと思うと、それはそれで寂しい」

という感覚なのでした。

「だって、いつが最後のセックスだったかなんて、もう忘れちゃったわよ。もし次にするとしたら、これが最後だと思ってしみじみ味わうんだけどな〜」

と、彼女達は言う。

思い起こせば三十代の頃、シモ友（シモネタ友達の意）と、

「我々は、人生における総セックス回数の半分以上を、既にしてしまったのだろうか？」

という話し合いをしたことがありましたっけ。

「あったり前でしょう、二十代の時以上の回数を四十代でするとは思えない」

などと言い合ったものですが、その予測は当たっていた。今そのシモ友と会うと、

「総セックス回数の半分以上っていうか、もうあの頃は終盤に近かったのでは?」

などと反芻《はんすう》するのでした。

「そういえば我々のシモトークも、最近は生きのいいネタが少なくなってきたものよね」

「そうそう、三十代の頃は、会う度に誰かが新しい経験談を披露してくれたものだったのに」

「年末には、シモトークの総括をするために、温泉で合宿までしたものだったっけ……」

と、遠くを見る、と。

一方で、数は少ないながらもまだまだお盛んな人も、いるのでした。

「女って、閉経の前になると、すごく性欲が増すみたいなのよね。こう、蠟燭《ろうそく》の火が消える前にボォッて炎が燃え上がるみたいに……」

などと語る中年女の肌は、卑猥《ひわい》なほどに色艶が良い。

間違いないのは、セックスレス派も充実派も、そのセックスレスぶりや充実ぶりを、他人様に誇示しない方がいい、ということなのでしょう。

「私なんてもう十年以上してないわよ〜、まさにセカンドバージン。あっはっは！」

などと磊落《らいらく》に語られても、同類以外は反応のしように困ります。また、

「セックスレスだなんて可哀想に。私はその点、全然不自由してないわよ。大人になったからこそわかるセックスの歓《よろこ》びってあるもの」

と、蠟燭の最後の輝きを見せつけられても、「お盛んですね」なのか「すごいですね」なのか、どう褒めていいのか困ってしまう。

世の中では、「日本人は世界で一番セックスをしていない！　外国の人はこんなにセックスをしている！」「死ぬまでセックス！」「セックスで美と健康を！」などと、「セックスをしていない人は不幸」というキャンペーンが盛んに為《な》されています。が、日本人は昔から、中年になったらあまりセックスをしない国民だったのではないかと思うのです。どうやら、各国比較すると精力が弱い方みたいだし、何せ「新鮮なものが好き」な国民性ですから、ずっと同じ相手では飽きてしまう。かといって、相手をとっかえひっかえできるほどの魅力や財力、テクニ

ックを持つ人は限られているわけで、だとすると自然にセックスの頻度は減ってくる……。

だというのに「まだ中年なのにセックスしていないだなんて、お可哀想に」という雰囲気になってきたのは、女の人生が長くなりすぎたからなのだと私は思います。千年前だったら、四十代といえばもう老人の域に入っていましたが、今時の四十代だと、女性の場合はまだ人生の前半である可能性も高い。「人生の前半で、性的に涸れてるって、どうなのよ?」ということになるのではないでしょうか。

平均寿命が延びたからといって生殖可能年齢が延びるわけではありません。生殖の可能性が低くなれば性欲は低下するのが当然かと思いますが、今の世の中は、生殖不可能年代の女性にも、「セックスしろ」と言い続ける。そろそろその矛盾に気づいた人が、「セックスレス健康法」とか「ノーセックス美人」といったことを言い始めるのではないかと思うのですが。

いずれにせよ、何でもありのこの世の中、中年女達がどんなセクシュアルライフを送ろうと、自由なのです。が、「しているにしてもしていないにしても、黙っていろ」ということなのだろうなと、私は思います。

すっかりホットな話題の少なくなったシモ友と会うと、

「案外さ、すごーく地味で大人しい主婦の方が、セックスフルな生活を送っていたりするのよ」

「うわっ、いかにも『やってます』みたいな人より、そっちの方がいやらしい！」

などと妄想を膨らませている昨今。その手のトークをする時は、せめて他人の耳に入らないように、必ずレストランの個室を取ることのみ、気をつけているのでした。

更年期

ある日届いた、同級生の友人からのメール。それを見て私は、

「とうとう来たか……」

と、身が引き締まるようなというか武者震いするようなというか、そういった気分に包まれたのでした。

メールの内容はといえば、

「最近、ホットフラッシュらしきものに見舞われている」

というもの。

このような文章を読んでいる方であれば当然ご存じかと思いますが、ホットフラッシュとは、急に滝のような汗が吹き出してくるという、更年期障害の一症状です。今まで、少し年上の友人知人が、夏でもないのに汗をダラダラかいているのを見て、「これがあの……」などと思っていましたが、同じ症状が同級生の身

にもやってきたとは。

この「とうとう来たか」という気持ちとよく似た気分を、遠い昔に味わったような気がするわけですが、よく考えたらわかりました。それは小学生時代、「○○ちゃんは、もう生理があるんですってよ」

といった親同士のひそひそ話を聞いた時。

私自身は成長の遅い子供だったので、その時点では「大人の入り口はもうすぐ」的な自覚は全く無かったのです。しかし同級生のトップを切って生理になったという○○ちゃんはと見てみれば、つるぺたの自分の肉体とは全く異なり、既に胸も膨らんだ女性の肉体。「私もあんな風になっていくのだろうか」と、これから得体の知れない暗い海を渡っていかなくてはならないような気分になったものです。

それから、幾星霜。私もつるぺた時代を脱して、無事に大人になりました。太ったり痩せたりと、肉体的にも様々な変化をくぐり抜け、三十代にもなれば、シワ、シミ、白髪といった「初めての老化」の波状攻撃に、びっくりもしました。が、「初めての老化」にいちいちびっくりしていた時代を通り過ぎると、次第に老化慣れしてきます。シワもシミも、あって当たり前。白髪にしても、最初の

頃はその存在自体が恥ずかしく、美容師さんにも言い出せなかったのに、今となっては、

「また白髪が目立ってきたんでー、カラーお願いしまーす」

と気軽にお願いできるように。

老化初心者は、様々な老化現象に見舞われる度に、「こんな風になっているのは私だけなのでは？」とあたふたするのです。友達にも言えず、姑息《こそく》な手段で必死に隠したりする。

しかし老化慣れしてくると、「皆、同じなのだ」ということがわかってきます。シワができない人はいないし、老眼にならない人もいない。

「私、老化なんてしていなくってよ」

といった顔を無理に続けるより、

「レーザーでシミ、取っちゃった」

「私なんかもう、一ヶ月に一回は髪を染めないと駄目なのよ」

「近くのものが全く見えない。遠くに離して見ようとしても、もう腕の長さが足りない！」

といった会話を交わすことによって、同世代の友人との仲間意識が深まること

もしばしば。

しかし、そんなベテラン中年である私にとっても久しぶりの衝撃が、友人の「ホットフラッシュ宣言」でした。更年期とは言うまでもなく、閉経前後の期間のこと。閉経でホルモンバランスが乱れることによって起こる心身の不調を更年期障害と言う、と。

友人のホットフラッシュ宣言は、私にとっては初めての、「同年齢友人の更年期」を感じさせる出来事でした。今までも、ちょっとした不調があると、

「ひょっとして更年期なのかしら」

「まだ早いでしょ！」

などと言い合ってはいました。が、そこには「更年期とか言ってますけど、それはあくまで謙遜というか、『そんなことないわよ』と言い返してもらうために言ってますんで」というハラがあったのです。それがいよいよ、本当に更年期年代に突入したのか……。という意味での、武者震い。

その昔、初潮を迎えてから三十余年もの間、我々の卵巣は律儀に月イチで排卵し続けていました。妊娠期間があった人の場合はその間お休みしていたのでしょうが、とにかくせっせと卵巣は排卵していた。それが、「卵子も残り少ないんで、

そろそろ……。ま、もう妊娠も出産も、ないですよね?」と、閉店準備を始めたことが明らかになったのです。

昨今は、「もう使い途《みち》もないし、別に排卵とかしなくていいのにナー」とも思いますが、いざ本当に閉店するとなると、「そ、そうなんですか」と思う。今まで当たり前に存在していた近所の蕎麦屋《そばや》さんが、ご主人が高齢になったため閉店するという話を聞くと、常連だったわけでもないのに「えっ」と思うように。

シャッターを閉めつつある我が卵巣に対しては、「お疲れ様でした」としか言いようがありません。卵巣としては、「いつか精子と出会って受精する日が来るに違いない」と信じてせっせと排卵してくれたであろうに、三十余年もの間、毎月空振りさせてしまった。卵巣としても、やり甲斐《がい》というものを感じられない一生だったのではないか。卵巣ズ(卵巣は左右一つずつあります)よ、今まで本当にありがとう……。

とはいえ具体的な更年期症状がまだ現れていない今、私は更年期に対して一抹の恐怖心を抱いております。初潮前は、「妊娠可能な肉体で生きる」ということにおののいていましたが、更年期前も同じ。「更年期とはどんな感じなのか」と、新しい肉体世界への不安が募るのです。

かつて更年期というと、謎に包まれた存在でした。母親や年上の知り合い等も、

「今、更年期の真っ最中なのよ。ああつらい」

などと言う人はいなかった。おそらく皆、黙って症状に耐えていたのでしょう。しかし近年、有名人女性が「私も更年期でした」といった体験談を話したり、治療法等が女性誌で特集されたり、その知識も広まってきました。黙って耐えなくてもいいのだ、ということになってきたのです。

身近にいる女性達も、更年期のことを語ってくれるようになりました。ちょっと年上の先輩達に更年期のことを聞けば、

「私は四十代の後半から始まったわ。鬱みたいになってつらかったけど、ホルモン療法をするようになってだいぶ楽になって……」

などと具体的に教えてくれるように。

そこでわかったのは、「更年期経験者達は、『もうすぐ更年期』という女にしか、その経験を伝授してくれない」ということです。二十代や三十代の女性に「更年期はつらかった」という話をしても、「へーえ」と言われるだけでしょう。しかし四十代も半ばを過ぎた女性の場合は、「明日は我が身」と思っているから、真剣に経験者の話を傾聴する。経験者としても、親身になって教える甲斐があると

いうものです。

自分のことを振り返っても、若い頃は「更年期」と聞いても「は？」という感じでした。自分にそんな時期がやってくるとは夢にも思わず、年上の女性がイライラしているのを見ると、

「あの人、更年期なんじゃないの〜？」

と、言葉の意味もわからず言っていたものです。

「卵巣は排卵して当然」と思っていたあの頃、排卵にも終わりがあるということは頭ではわかっていても、現実問題として捉えてはいませんでした。水も安全も卵子もタダ、くらいに思っていたのです。しかしどんな女性も年をとり、どんな卵巣であっても卵子が尽きる時がやってきます。

昔の人達は、「自分が更年期であることを口にするなんて、恥ずかしいし、はしたない」と思っていたので、黙っていたのでしょう。対して我々はきっと、自分からどんどん口にするのだと思います。それというのも我々は、「ぶっちゃけずにはいられない」世代。今までも、初体験から膀胱炎《ぼうこうえん》まで、どんなシモの問題についても、躊躇せずに友人知人と語り合ってきたのです。

そんな我々の場合、夫や子供にも、

「今生理だからさー」

などと言うのが平気という人が多い。「だって当たり前のことなんだから、言わない方が変でしょう？」という感覚であるわけですが、だとするならば、「とうとう更年期！」とも口にせずにはいられないのではないか。

また私達は、「自分がおばさんであるということを自覚しています」ということを周囲にアピールせずにいられない、という意識を持っています。多少ダサいファッションでも行動がのろのろしていても声が大きくても、

「私、おばさんだからさぁ」

と言えば許されると、思っているのです。いくら外見が若くても、年齢がいっていればおばさん。その「おばさんである」という事実を自覚していないのが最もおばさん臭いわけで、「私、おばさんだからさぁ」は、免罪符のように使われる言葉なのです。

だとするならば、

「私、更年期だからさぁ」

というのも、似たような働きをするのではないでしょうか。もしかすると、「おなかに赤ちゃんがいます」という妊婦マークのように、更年期マークを作れ

など と、厚生労働省に要求しないとも限らない。はたまた、

「更年期って、何だか言葉のイメージが良くないわ。これからは『JK』ばりに『KN』とかって言ってみるのはどうかしら?」

みたいな提案も出てきそう……。

更年期に対して「受けて立とうじゃないの」という人がいる一方で、

「でもさ、やっぱり閉経ともなると、女として終わりってことになるわけ?」

というクラシックな不安を抱える人もいるのでした。

この手の問いに対する返答は、「女」の定義をどう捉えるかによって変わります。女=「受胎可能な性」とするならば、「終わりですね」ということになりましょうが、女=単なる性別と捉えるならば、何も戸籍上の性別が変わるわけではない。

この手の質問をする人というのは、女性誌の更年期特集を読みすぎているきらいがあります。

「更年期を迎え、夫から『お前ももう、女として終わりだな』と言われました」

といった読者からの相談を読んで、「女として終わり」という言葉の響きに恐怖心を募らせているのではないか。

この「女として」というフレーズは、女の人生の充実度が測定される時に使用されがちです。すなわち、結婚や出産をしていない女性というのは、他の部分でどれほど充実していようと、「女としての幸せを知らない」と言われることになる。

そして閉経すると「女として終わり」になってしまうということはすなわち、「女として」と言った時の「女」とは、単に「卵巣や子宮等、婦人科系臓器を持つ生き物」ではなく、「婦人科系臓器を活用している生き物」ということになる。卵巣も子宮も女にしかないので、それを使用していないというのは臓器の持ち腐れという感じもするものです。卵巣が排卵を止めたのなら、確かに卵巣の機能は終わりを迎えたと言えましょう。が、果たして本当に、臓器の活用具合で人の幸不幸は決定されるのか。

男性の場合は、精巣や前立腺をそれほど活用していないからといって「男として不幸」とは言われないものです。子供を持つか否かが男としての価値につながるケースも少なく、「男として不幸」と言われるのは、どちらかと言うと仕事に恵まれていない人のことが多い。

私は、この「女として」「男として」という気持ち悪い言葉がなくなればいいのにねぇ、と思う者です。男性にしても、家庭生活は充実しているのに仕事がイマイチだからといって、「男としては不幸よね」などと言われたくないことでしょう。また、ＥＤだからといって「男としておしまいね」と言われたくはないのではないか。

二〇一三年の十月に、Ｗ浅野主演の往年のトレンディドラマ「抱きしめたい！」が、特別番組「抱きしめたい！Forever」として復活しました。私もつい見てしまったのですが、そのドラマの中で、幼稚園時代からの親友同士であるＷ浅野は五十四歳という設定になっています。

恋愛ドラマの世界において、主役の年齢がどんどん高齢化している現在ですが、とうとう五十代が主役になるとは、という感慨を抱いた私。となると当然、「更年期？」という疑問も湧いてきます。

ドラマの中ではさりげなく、二人について「もう閉経した」ということが示されていました。恋愛ドラマの主人公が閉経済みというのも斬新な設定であるわけですが、二人ともホットフラッシュや不定愁訴に苦しんでいる様子はありません。常に叫んでいるような過剰な演技は「ひょっとして更年期であるということを示しているのか？」とも思いましたが、これは単に二人の演技が昭和時代のままでフリーズしているということなのでしょう。

ドラマの中では、浅野温子は結婚歴無しの独身。そして浅野ゆう子と岩城滉一が夫婦ということになっています。浅野ゆう子は婦人科系に問題があるらしく子供がいないのですが、そんな時、岩城滉一が浮気相手との間に隠し子をもうけていたことが発覚するのです。

岩城滉一は、少し見ない間にすっかり外見がおじいさんっぽくなっていました。が、そんな人でも女性を妊娠させることは可能。対して浅野ゆう子は、外見はとても若々しいのに、妊娠不可能。それは男と女の性としての差をクッキリと浮かび上がらせ、全体としては軽佻《けいちょう》なムードなのに、非常に残酷な仕上がりのドラマとなっていたのです。

浅野温子もまた、ドラマの中で新しい恋を見つけていました。お相手は草刈正雄であったわけですが、その恋もまた、結婚式当日になって草刈正雄の前妻がガンで瀕死《ひんし》という状況がわかって、不幸な結果に。「色々背負っている大人は、そうやすやすと結婚できるものではない」という結末です。

しかしそこに希望があるとしたら、「閉経を過ぎても『終わり』ではない」ということを示した部分なのでしょう。浅野温子は、閉経後に新しい男性と知り合って恋愛をし、たぶんセックスもしている。「女としての幸福」＝受胎とするならば、もうその手の幸福は得ようがありませんが、それなりに婦人科系の器官（粘膜と言うべきか）は、活用しているのです。

このドラマは明らかに、いつの時代も消費の先導役と言われ続けてきたバブル世代をターゲットにしています。バブル世代の加齢とともに、恋愛ドラマの主人公の年齢はアップしてきたのであり、「抱きしめたい！ Forever」は一つの到達点と言えるのではないか。

しかしこれは、ゴールではないのでしょう。更年期恋愛ドラマの次は、六十代や七十代、すなわち閉経などとっくの昔に経験した人達の恋愛ドラマが登場するに違いないのです。

そうなったならば、臓器の活用具合と人の幸不幸はさほど関係ないということが、さらによくわかってくるのではないでしょうか。シニア恋愛ドラマともなれば、卵巣やら子宮やらに限らず、女も男も粘膜や海綿体に不具合が多くなり、活用したくてもできない器官が増えてくるという問題を避けて通るわけにはいかないのですから。

自然現象としての閉経は、恥ずかしがることでもなく、また「終わり」でもないのだと私は思います。

「更年期、大変そうだね」

「あなたもEDなんだって？　お互い様だわね～」

と、男女がカジュアルに互いをねぎらうことができるようになれば、大人の暮らしも、そして大人の恋愛も、もっとラクになるに違いないのですから。

少女性

スヌーピー展というものが六本木ヒルズで開かれていたので、早々に行って参りました。なぜってもちろん、スヌーピーが好きだから。

私が子供の頃は、おそらくスヌーピーブームと言っていい状態だったのだと思います。毎月刊行されたピーナッツコミックスが大好きで、読むのが楽しみだったもの。スヌーピーのおまけつきチョコレートも、せっせと買いましたっけ。ディズニーランドはまだ日本になく、アンパンマンブームもおこっていなかった当時、スヌーピーのぬいぐるみは女児必携の一品でした。

だからこそ我々世代の中年は、今もスヌーピーが好きなのです。昨今はユニクロでも、色々な柄のスヌーピーTシャツを売っています。可愛いスヌーピーTシャツを手軽に手に入れられるとあって、夏になると中年女性達がよく着ているわけですが、そんな女性を見る度に、「よっ、ご同輩」と私は思っています。

が、しかし。「ご同輩」などと思いつつも、私はスヌーピー中年を見て「気をつけなくては……」と思うのでした。なぜならそもそも、中年とTシャツというものが、そぐわないから。腹が出ているとかブラジャー上部の肉がはみ出ているとか、はたまたガリガリすぎて貧相とか、そういった問題のせいばかりではありません。Tシャツという衣類のカジュアルさが、既に我々年代とマッチしなくなっているのです。

若者は、肉体に張りがあるからこそ、張りの無い衣類を着こなすことができます。が、肉体に張りが無い中年が張りの無いものを着てしまうと、全体的にヨレた印象に。洗いざらしの綿のTシャツなど、最も危険な衣類です。

さらに、スヌーピー。生きていくことのつらさが沁《し》みつきつつある中年の表情と、スヌーピーやチャーリー・ブラウンの無邪気な表情は、あまりにもかけ離れたところにあって、そのギャップは決して可愛いものではありません。

中年だからこそキャラクターに依存したくなる気持ちは、よくわかります。外面的にも内面的にも、自らの「可愛らしさ」がどんどんすり減っていく自覚があるからこそ、外部に可愛らしさを求めたくなるのが、中年。最も手軽に可愛らしさを感じることができるキャラクターは、私達をおおいに慰撫《いぶ》してくれる存在です。

キャラクターは、可愛いばかりではありません。ピーナッツのキャラクター達は、子供ながらに人生の孤独や悲哀を漂わせているのであって、それがわかるようになってきたのは大人になってから。アンパンマンにしても、あの自己犠牲の精神は、大人の心をも包み込む力を持っています。

私も、中年になって改めてキャラクターの魅力にはまっている者。手帳の見えないところにこっそり貼っているのはドラミちゃんのシールだし、LINEのスタンプだって、くまモンに亜土《あど》ちゃんキャラ、猫村さんにバンビ……等々、いっぱい買ってしまった。一時は、無性にキティちゃんが可愛く思えて、スワロフスキーのキティグッズに手が伸びそうになったのですが、「キティちゃんまで行ってしまったらおしまいだ！」と、必死に我慢しております。

我々は、子供の頃からキャラクター産業の中で育ってきた世代です。サンリオのキティちゃんが誕生したのは私達が小学生の時で、すぐ人気キャラクターに。同じくサンリオのリトルツインスターズ、パティ＆ジミーといったキャラクターも大好きで、サンリオのお店であるギフトゲートに行くのがどれほど楽しみだったことか。ギフトゲートにはスヌーピーグッズも売られていましたから、少女にとってはまさに夢の国だったのです。

キャラクターにどっぷり浸《つ》かった子供時代を過ごした私達は今、一種の子供返りをしているのでしょう。大人であることに、そして人生に疲れ、誰にも頼ることができない中年だからこそ、子供の頃から慣れ親しんでいるキャラクターを見たり愛《め》でたり身につけたりして、ほっとしたいのです。

キャラクターを愛でるという行為は、「他者を可愛いと思っている自分って、可愛い」と思うための行為でもあります。キャラクターまみれの子供時代を過ごした私達は、その後も「可愛い」ものに囲まれて育ちました。高校時代には雑誌「Ｏｌｉｖｅ」に夢中になり、可愛い服、可愛い雑貨、可愛いモデルを見てはウットリ。「可愛い」は我々にとって最高の褒め言葉となったのですが、他者に対して「可愛い〜」と言うその底にあるのは、「私自身が、最も可愛い存在でありたい」という、大いなる野望。

「可愛くありたい。だからこそ、可愛いものが好き」という性質は、その後も常に我々と共にありました。私達は、成人しても少女雑誌である「Ｏｌｉｖｅ」を卒業することはありませんでした。大人になっても、Ｏｌｉｖｅ的なスピリットは心の中に持ち続けるように。

その手の性質を端的に言うと「少女性」ということになろうかと思うのですが、女性達は三十歳になっても四十歳になっても、少女性を持ち続け、かつてのオリーブ少女はオリーブ中年と呼ばれるようになったのです。

昔の女性も、もちろん少女性は持っていたのでしょう。しかし昔の人は、結婚して子供を持つと、それを捨てざるを得ませんでした。平均寿命が短く、若い頃に子供を産んでいた時代の女性に、「いつまでも少女のように」などと言っている余裕はなかった。必死に家事だの子育てだのしているうちに少女性はすり減り、自然におばさんらしくなっていったのです。

しかし現代を中年として生きる私達は、寿命の延伸、テクノロジーの進化、女性の社会進出等、様々な要因によって、いつまでも「少女」にしがみつくことが可能です。それも内面の無垢《むく》さ、純真さを大切にするといったことだけでなく、外面すらも「少女のままで」いようとする人が後を絶たない。

「and GIRL」という女性誌があったので、てっきり少女向けかと思って見てみたら、「アラサーになっても、仕事ができても、結婚しても、『ガール』な大人たちへ！」という雑誌でした。ということは……と思ったら、同じ会社ではやっぱり「mamagirl」という雑誌も出していた。子供を産んでもガールでいたい、というのです。

だとしたら、「中年になってもガール」という人が大量発生していることも、想像に難くありません。「ｏｂａｇｉｒｌ」という雑誌が創刊されるのも、時間の問題でしょう。

なぜ我々が「いつまでも少女のままでいたい」と思うのかといえば、ベースには「未成熟を愛でる日本の文化」があるのだと思います。小さく、汚れのないものほど尊いのであって、成熟した大人などという存在は、不潔視される傾向がある我が国。可愛い方が他人からウケるから、というわけでなく、自分自身の中でも「無垢なままでいたい」という欲求が大きいのです。

しかし中年のガーリー志向というのは、劇薬並みに注意して扱わなくてはならないものなのでした。中年本人は、「私は昔からずっと変わらず、可愛いものを愛でているだけですけれど？」とキョトンとしているかもしれません。が、中年がキティちゃんのハンカチを持つのも、ツインテールにするのも、友達は「可愛いー」と言ってくれるかもしれないけれど、赤の他人からしたら、常軌を逸した行動。キョトンとして尖《とが》らせた口の周囲に、梅干しを思わせるシワがうっすらと寄っていることを、知らなくてはなりません。

ガーリー趣味の人の中には、

「男はいつまでも『少年のような俺』自慢をしているのだから、女がいつまでも少女性を持ち続けたっていいじゃないの」

という意見をお持ちの方もいることでしょう。男性の場合は、子供の頃の趣味に今も没頭している人が「少年のような瞳を持っていて素敵」などと、賞賛されてモテたりもする。

しかしその辺は、男女差があることを、私達は認識するべきなのです。男性は、大人になった女性に少女性は求めていません。彼等が大人の女性に求めるのは、自らの少年性を含め、全てを受け入れてくれる「おふくろ性」。少女性は本物の少女が持っていてこそナンボ、というのが、同胞男性の感覚であり、ガーリー中年がモテることは決してない。

そんな状況下にある私達は、自らの少女性をどのように扱えばいいのでしょうか。

「少女性など捨てて、本当の大人になれ」

というのは、無理な相談です。私達は、「いつまでもガーリー」という楽しさを既に、知ってしまいました。子供の頃からしゃぶり続けている「可愛さ」という飴玉を、今さら吐き出すつもりはさらさらありません。きっと一生、「これ可愛いー」「あれ可愛いー」と言い続け、シールや千代紙を集め続けるに違いないのです。

であるならば必要となるのは、大人になっても少女性を育み続けるという行為は、喫煙行為のようなものなのだと認識する、ということなのではないでしょうか。

煙草《タバコ》は、喫煙者にとってはなくてはならない嗜好品《しこうひん》ですが、非喫煙者にとっては、迷惑以外の何物でもありません。同じように中年の少女性というのも、本人達にとっては精神の安定を保ったり、ときめいたりするのに非常に重要なものであっても、他人から見ると「げっ」とか「気持ち悪い」となってしまう。

だからこそ我々は、「中年にとっての少女性とは、嗜好品である」ということを理解しなくてはならないのです。喫煙行為と同様に、一人もしくは同好の士だけの時にしか、それは表に出してはいけないものなのではないか。

スヌーピーのTシャツを着ているご同輩を見て「気をつけなくては」と思うのは、そのせいなのでした。スヌーピーのTシャツは、私もたくさん持っています。スヌーピー展のミュージアムショップにおいても、初期の絵が描いてあるTシャツを、つい大人買いしてしまいました。それだけではありません。実はムーミンのトレーナーだって、亜土ちゃんキャラのロンTだって持っているのです。

しかしそれを着て外に出てしまったら、人込みの中で喫煙するのと同じことになってしまうでしょう。自分は「このTシャツ、可愛い〜。で、それを着てる自分も可愛い〜」と満足できても、半生の肉体+キャラクターのTシャツというケミストリーが発生させる生臭さは、他所様《よそさま》にとっては大きな迷惑。

そんなわけで私は、「キャラクターTシャツは、家の中においてだけ着用可」というルールを、数年前から自分に課してみたのです。喫煙者だって、限られた喫煙スペースにおいてのみ、喫煙が許される昨今。中年のキャラクターTシャツも、他の人の視界に入らないところでのみ着用すれば、ご迷惑にはならないのではないか、と。

Tシャツばかりではありますまい。ごっそり持っている可愛い便箋だの封筒だのシールだのも、自分の家の中だけで「あー可愛い」と眺めるべきなのではないか。

年をとったからといってコソコソとガーリー活動をしなくてはならないなんて、悲しすぎる……と嘆く方も、いらっしゃるかもしれません。しかし、そんなあなたも絶望するには及びません。あと三十年ほど待てば、再び堂々とガーリーになることができる日が、やってくるのですから。

中年女との相性は最悪の少女性ですが、なぜか女性がもっと年をとって老年になると、再びガーリーな雰囲気がマッチするようになってくるのです。白髪のおばあさんがパッチンどめで髪をとめていたり、クラシックな花柄のワンピースなど着ていたりすると、「あら可愛い」と思うことがあるもの。もう、そこに生臭さは感じられません。オーバー七十五くらいになると、既に肉体がすっかり乾いた状態になるからこそ、少女のように可愛いものを身につけた時の生臭さが消えるのでしょう。

私はまだ見たことがありませんが、おばあさんがスヌーピーのTシャツを着ている姿は、きっと可愛いのだと思います。腕の肉も首の肉もすっかりたるんで下垂していても、おばあさんの皮膚というのは、生乾き状態をとっくに通り越してすっかり乾き切っているため、既に砂漠のように清浄な雰囲気を湛えている。すなわち、本当の少女に近い存在に戻っているのです。

最近の若者は皆、

「可愛いおばあさんになりたい」

と言うものです。彼女達は決して、

「可愛いおばさんになりたい」

とは言いません。おばさんはどれほど努力しても可愛くなれないけれど、おばあさんは可愛くなることができると、彼女達は肌で知っているからです。

たとえば草間彌生《くさまやよい》さんだって、中年期は際物扱いされたけれど、老年になってからは大ブレイク。水玉模様やポップな色使いに「可愛い」という声も聞こえます。瀬戸内寂聴さんだって、中年期は様々なバッシングを受けたといいますが、現在は皆が崇《あが》める存在。ツルッとしたお肌に、ファンの皆さんは「ジャッキー、可愛い」とも。おばあさんはどんなに可愛くても、「気持ち悪い」とは言われないのです。

そんなわけで我々中年は、おばあさんになって再び少女性を全開にできる時までの、長い雌伏《しふく》生活のさなかにあるのでした。あと三十年待てば、また外でもスヌーピーのTシャツが着られる。ツインテールをリボンで結んだって、許されるかもしれない。何だったらお棺を好きなキャラクターの模様にしたっていいのです。

内なる少女性を、必死に外に出さないようにしている我々が老女になった時、世の中には「可愛いおばあさん」が溢れていることでしょう。過去の「可愛いおばあさん」概念を覆すような「可愛すぎるおばあさん」が大発生するかもしれませんが、それは長きにわたって鬱屈していた我々の欲求が爆発した姿なのであるからして、あたたかく見守ってほしいものです。そして自分のことを考えてみるならば、再び少女性の発露が許される日が来るまで、スヌーピーのTシャツを捨てずに、頑張って長生きしたいものだと思っています。

仕事

私が会社員だった若い頃、安全ピンで太ももを刺しながらでないと寝こけてしまうような会議に、日々出席しておりました。それくらい、私は仕事への参加意識が低い会社員であったわけですが、

「でもそんな会議でも、格好いい男子が一人でも参加していたりすると、俄然《がぜん》やる気が出るのよね〜」

「そうそう、急に発言とかしてみたりしてね〜」

などと、同期の女子と話していたものです。

「格好いい男子」とは、今風に言うなら「イケメン」。当時はまだ「イケメン」などという言葉はなかったのです。

念のために断っておくと、私はイケメン好きとか面食いといった類の者ではありません。が、参加意識を全く持つことができない退屈な仕事の時は、自らを発

奮させる材料として、見た目が良い男性の存在は有難いとは思っていました。ホテルの窓から見える景色は、灰色の工場よりも青々とした山の方が気持ちがいいように、会議中に見える景色も「いい方がいいじゃんねぇ」という感覚。

その手の思考癖は今もあるようで、一緒に取材や食事に行くような仕事相手についても、

「やっぱり、ダサダサの不細工の人よりは、そうじゃない人の方がちょっと嬉しいというか、やる気が出るというか……。皆さんもそうじゃないですか?」

と、編集者さんに問うてみたことがあるのです。すなわち、編集者さんの側も、一緒に取材や食事に行く書き手がダサダサの不細工よりは、そうではない人の方がちょっと嬉しいのではないか、と聞いてみた。

するとと編集者さんは、

「いえっ、そんなことありませんっ。良い原稿さえ書いていただければ、容姿は全く関係ないですっ」

と、即座に否定されたのです。なるほど〜、そういうものなのね。……などと思ってしばらくしてから、ハタと私は気づきました。「編集者さんが、書き手、それも容姿の衰えが目立つ中年女の書き手を目の前にして、『そうですねぇ、や

っぱりきれいな人の方が、こちらのやる気も出ますねぇ』などと言うわけがないではないか」ということに。

そうして私は、「そんなわかりきったことを聞いてしまう自分」の老化っぷりに、落ち込んだのです。おおいに気を遣って「容姿で差別することなんてありませんよ。どんなに老けたって、良い原稿を書いていただければ私達は嬉しいのです」といったことを言ってくれた年下の編集者さん、ありがとう……。

このように、仕事上で「気を遣われているのだなぁ」と思うことが、最近多いのです。初対面の若い方と会う時は、相手が明らかにガチガチに緊張していたりして、「あっ、私、相手を怖がらせている」と思うこともしばしば。

集いの場においても、自分が最年長もしくは長老格の立場にあることが、増えてきました。上座に座らされたり、店の出入りの時にいちいち先に歩かされたりと、面倒臭いことこの上ない。「ああ、最後尾を歩いて下座に座っていた時代は、何と気楽であったことか」と思います。

会社員の友人達も、それなりに責任ある立場になってきました。雇均法世代である我々は、会社の中でキャリア組として勤め続けてまっとうに出世した人もいれば、一般職のＯＬさんを続けている人もいれば、はたまた子育てでいったん仕事を離れてから復帰した人もいて、働き方は様々。

　キャリア組として出世している友人を見ると、悩んでいるのは「どう上に立つか」という問題のようです。「人の上に立ってみて初めてわかる性格」というものがありますが、知り合いのD子ちゃんは、ある仕事のチームを任された途端、性格が西太后《せいたいこう》タイプへと豹変《ひょうへん》したのです。部下は女性が多かったのですが、とにかく部下への当たりがキツく、女同士ということもあって、部下が泣いても「泣けばいいってものじゃないのよ」と、かえって厳しく当たる。精神的に参ってしまう部下もいたばかりでなく、気に入らないことがあるともっと上の立場の男性に対しても牙をむき、恐れられています。

　この性格は、彼女自身が平社員の立場であった時は、わかりませんでした。気が弱いタイプではなかったものの、「まさかこんなに怖くなろうとは」と、周囲もびっくり。今時、パワハラと言われないようにと、部下に厳しい男性上司は減ってきたと言いますが、女だからこその西太后タイプなのかもしれません。

　反対に、管理職が全く向いていなかったという人もいます。仕事というのは、上司と部下では全く立場が違うもの。部下すなわちプレイヤー時代はのびのびと仕事ができていたのに、上の立場になってみると、部下の視線が気になったり、

「自分でやった方が早いのに」とイライラしてしまったり。

私の友人にもこの手のタイプの女性がいます。学生時代からとても優秀で、一流企業に入ってからもバリバリと仕事をこなしていたのに、「長」がつく立場になったら、勝手が違ったようで一気にトーンダウン。ついには精神のバランスを崩し、しばらく休職してしまったというではありませんか。

私はこの手の女性を「雅子さまタイプ」と呼んでおります。皇太子妃の立場と、企業における管理職は全く異なるものではありますが、何かと目立ちやすく責任が重いという部分では、共通している部分も。成績優秀で将来を期待されていた女性が、立場が変わったことによってつまずいてしまう……という意味で、雅子さまっぽくありはしないか。そういえば雅子さまご自身も、雇均法世代であられますし。

そんな中、企業で出世している中年女性で、最も安定感のある仕事っぷりを見せるのが「おふくろタイプ」なのだと私は思います。女性自身が実際に子供を産んでいるか否かは、ここではあまり関係ありません。性格の面で「おふくろ」感が漂う女性は、企業で出世してもうまくいっている感じがするのです。

おふくろ感というのはどのようなものかというと、つまりは「包容感」なのだと思います。ちょっとやそっとの部下の失敗には慌てず騒がず、後でそっと慰めてくれる優しさを持っている。どっしりと構えているように見えて、細かいところへの気配りも忘れない。陽性でよく笑う。……といったところでしょうか。

おふくろタイプの女性というのは、中年女性が仕事をしていく上では、どんな立場にあってもオールマイティーに通用するのです。管理職としてももちろん好かれるし、一般職でもパートや派遣でも、おふくろタイプは歓迎される。

たとえば、一般職ＯＬ。この手の仕事の場合、自分より上の立場にいる人が年下である、ということがしばしばあります。そんな時、ベテラン一般職がたとえば美魔女タイプだったりすると、その人をどう扱っていいのかがわからず、職場のバランスは微妙に狂うもの。

日本の職場というのは、しばしば疑似家族と化します。トップの立場にいる人が男性の場合は、その人がお父さん役。中年以上の女性社員は、お母さん。以下、長男・長女と中堅社員が続き、若手社員は末っ子、というように。

だからこそ職場における中年女は、おふくろタイプが重宝されるのです。「私はおふくろなんかじゃありません。れっきとした女なのよ」といった態度をとられると、まるで愛人が乱入してきたようで、疑似家族の和が乱れます。

家庭において、お母さんがどっしり構えているとその家庭は安泰であるように、職場における中年女がおふくろ役をきっちり引き受けるタイプだと、その職場も安定するのでした。色気などというものは封印し、「お父さん」役をサポート。若手社員の相談に乗ったり、尻を叩《たた》いたり、失敗を大目に見てあげたかと思うと時には叱ったりすることによって、中年女の存在は生きてくる。

しかし最近の職場では、「おふくろ」のなり手が少なくなってきているようなのです。それというのも、中年女達がいつまでも心身の若さをキープしようと必死になっているため、年齢的にはとっくにおふくろ格なのに、その役を引き受けようとしないから。

たとえば四十代の女性社員がランチに行く時は、五十代の女性達とではなく、三十代以下の女性達とツルみたがる、とか。飲み会で、若手席と長老席が分かれても、若手席に座ろうとして、本物の若手から内心「は？」と思われていたりとか。

私は、若い女性会社員から「最近の中年会社員は引き際が悪い」という話を聞いて、耳が痛いような思いがしたのでした。それというのも私自身、既に仕事の場においておふくろ化が求められる年齢にもかかわらず、おふくろ感を出すのが不得手だから。包容力も、「私についてきなさい」モードも、ゼロ。

私の場合は、元来の性格的に依存心が強い（可愛く言うと「甘えん坊」）上に、本物の子育てもしたことがないため、どうやったら「私についてきなさい」と言うことができるのかが、わからないのです。さらには「若者に嫌われたくない」というスケベ心もあるため、「時には叱る」といったことも、上手にできない。

会社員ではない私は、「この子を一人前の会社員に育てるには、上手に叱らなくては」といった、会社のためを思った親心も働きません。仕事相手の若者に対してイラッとすることはあるものの、「でも私はこの人の上司でもないし、少し我慢すればいいだけだし、二度と一緒に仕事をしなければいいんだし……」と、何となくスルー。たまに「いやしかし、私もそろそろ大人としての責任を果たすべく、きちんと叱らなくてはいけないのでは？」と思うこともあれど、面倒臭くてそのままにしてしまうのです。

しかしたまに、「とはいえ、堪忍ならん」と思うこともあるのでした。平たく言うと「キレる」という状態なのだと思いますが、

「あなたねぇ……」

と、怒り出す時がある。

すると、日頃怒り慣れていないものだから、加減というものがわからず、暴走してしまうのでした。全くオブラートにくるまず言いたいことを言い、相手の逃げ場をなくし、息の根を止める。怒り終わった後でハタと「今の私って、西太后状態だったのでは……」と、ぞーっとする、と。

私のみならず、仕事上、若手をどのように叱ったらいいかは、今の中年女にとっては共通の悩みのようです。特に会社員の人達にとって、少し強く叱るとパワハラになってしまうし、言い方を間違えればセクハラにもなる。

またある女性管理職は、

「最近の若い子って、男でも女でも、ちょっと叱っただけですぐ泣くのよ。『男のクセに泣くなーっ！』とか怒鳴りたくなるけど、それを言ったらセクハラになりそうだから、涙には気づかないフリをしたり。あと新型鬱っていうの？　ちょっと会社で嫌なことがあるとすぐに休んじゃうのに、でもフェイスブックを見ると友達とは楽しく遊んでいたりしてて、わけがわからないわよっ」

と、イライラしていました。

雇均法世代である現在の中年は、世の中にとって初めて受け入れる、大量発生した「女性上司」なのです。女性でも人の上に立つ人は昔もいましたが、それは超がつくエリートである上に努力家であったり、また創業者一族の生まれだったりした。

　しかし私達の世代では、普通の女性達が管理職になり始めています。中にはうまくおふくろタイプの上司になることができる人もいるけれど、「本当は甘えん坊ちゃんなのに私は」と思っている人もいれば、「自分より年上の男が部下とかって、勘弁してほしい。怒るに怒れないじゃないの」と思っている人もいる。

　女性管理職が増えてくるということは、職場における疑似家族制度のあり方が変わってくるということでもあります。女性が部署においてトップとなると、お父さんである部署長と、お母さんである中高年女性社員、そして子供達役の若手社員……という旧来の構造ではなく、お父さんが不在となったり、いてもヒモ状態だったりすることに。

　しかしそれもまた、時代の流れなのかもしれません。今は母子家庭も珍しくないし、母親だからといって皆が肝っ玉母さんになるわけでなく、女としての人生を謳歌する人もいるのですから。

　今の会社には、終身雇用・年功序列の昔とは違い、色々な立場の人がいます。定年延長した人が何となくいる様子を見れば、疑似家族におけるおじいちゃん・

おばあちゃんの役割を与えたくなるし、中途採用の人は再婚相手の連れ子、派遣さんはイトコくらいの感じか。一枚岩の家族ではなく、ゆるやかな親族グループをまとめあげる能力が、管理職には必要となってくるのでしょう。

そんな時代において、女性というのは意外と管理職に向いているのかも、とも思うのです。異質な人々の集団を男性が父性をもってまとめようとすると、相当なカリスマ性が必要ですが、母性はもっと柔軟に、人々を包み込むのではないか。

……とはいうものの、女性だからといって母性を持っている人ばかりではないというのは、前にも述べた通り。日本において年をとった女性は、あらゆる場所で「おふくろ化」が期待されますが、女性上司自身も「おふくろ」になる責任などもう放棄して、叔母さんくらいの感覚で組織をまとめていくと、いいのかもしれません。

バブル

今、「バブル世代」と言った時に思い浮かべるのは、いわゆる中年男女の姿であろうかと思います。時代にそぐわぬギラつき感を湛えた中年の姿が、「バブル世代」のイメージなのではないか。

狭義で言うバブル世代とは、バブルの時代に就職活動をして、楽々と内定を勝ち得た人達のことを指します。一九八八年〜九一年くらいに大学を卒業して就職した人々のことなのであり、八九年に就職した私も、「ド」がつくバブル世代。広義には、バブルの時代に楽しい思いをした人、その恩恵を受けた人も含めて「バブル世代」と言う場合もあります。その場合、我々ドバブル世代よりももっと上の人々も、入ってくることになる。

すなわち、狭義のバブル世代を下限とし、それより上の世代が「大人としてバブルを楽しんだ人」であるわけですが、この「バブル感」とでもいうべき空気こそが今、我々にとっての中年臭さの最も大きな源となるもの。

バブル世代と、バブル崩壊以降に青春期を過ごした非バブル世代の最も大きな違い。それは、我々バブル世代が、バブルを「割と最近の出来事」と思っているのに対して、非バブル世代は「バブルとは、歴史上の出来事」と思っているところでしょう。

バブル世代にとって、バブルの時代は強烈な印象として残っています。自らの人生における夏の時代と、日本という国の夏の時代がぴったりと重なったあの頃、毎日がお祭りのようでした。その印象があまりに鮮烈であるのと、その後の時代が地味であっという間に過ぎ去ってしまったため、「バブルは、そう昔のことではない」と、私達は思ってしまっているのです。

対して若者世代は、バブル時代の話は聞いたことがあっても、自分達の青春と照らし合わせるとあまりにも非現実的であるため、リアルな出来事というより、昔話としてしか捉えることができません。戦時中の話もバブルの話も、「歴史上の一コマ」として聞いているのです。

だからこそ、我々がちょっと得意気に、

「私が就職活動した頃はさぁ、誰でも五社くらい内定をもらっていたものよ」

とか、

「内定をもらった後は、豪華なホテルで拘束されて、他社を受けさせないようにされたんだよね」

といった話をすると、非バブル世代は「この人、年とってるのねー」と思う、と。普通のサラリーマンがジョンロブの靴を履いていたり、普通の主婦が夫にヴァンクリーフをねだったりするのもまた、いかにも中年っぽい事象でしょう。

もちろん今時の若者はよくできた人が多いので、バブル昔話を聞いたり、バブル的な行為を見ても、

「いいですよね〜、バブルの時代。キラキラして、楽しそうで。私もバブルって経験してみたいです！」

などと言ってくれるのでした。

が、それは若者達の心遣いなのです。私達も子供の頃、近所のおじいさんなどから戦争の体験談を聞くと、たとえそれが既に何回も聞いた話であっても、真剣に傾聴したもの。同じように「年長者の話は聞かなくては」と、若者達はバブル話を聞いてくれています。

ま、社交辞令であっても「いいですよね〜」などと言ってもらえるとちょっと

嬉しくもあるのですが、そんな若者の「バブル世代転がし」の術中にはまりつつ思い出すのは、全共闘世代のこと。

全共闘世代というのは、私達バブル世代が若者であった時に、中年だった人々です。ですから私達はよく、全共闘世代から学生運動ネタなどを聞かされたものでした。

「新宿騒乱の時は催涙ガスを浴びてさぁ……」

といった話を聞くと、

「すごいですね～」

と、とりあえず言っていた私ではありましたが、内心ではやはり「歴史上の出来事」としか思えなかったものです。学生運動というものがなぜ起きたのか、そしていつ頃に盛んだったのかもよく知らず、「昔の話なんだなー」と思っていた。

しかし当時、全共闘世代の中年にとって、学生運動はあくまで「ちょっと前の話」だったのだと思うのです。

「タクシーに乗れない時はハイヤーに乗ったものよ」

などと、マリー・アントワネット的にバブルの思い出話を若者達に聞かせている今、あの頃の全共闘世代の気持ちがよくわかるのでした。

しかしバブル世代が若者に語って聞かせる自慢話というのは、全共闘世代の武勇伝と比べると、どうも格好悪いのです。全共闘世代の人々は、自分で考え、行動していました。周囲に影響された部分もあったとしても、石を投げたり催涙ガスを浴びたりしていたのは、自分自身。彼等は、自分で闘って、何かを手に入れようとしていたのです。

対してバブル世代は、自分の手で好景気を作り上げたわけではありません。世間が醸成した景気の良さに乗って踊っていた、もしくは踊らされていただけ。「世の中を変えたい」という気概を持っていたわけでもない。

特に我々バブル入社組は、バブルの時代にたまたま就職活動をしたというだけの世代です。内定をいくつもらっていようと自分が偉いわけではなく、そんな時代に生まれただけ。入社した会社でタクシーチケットがじゃんじゃん使えたのも、上の世代が頑張って働いてくれていたお陰なのです。

バブル世代の中年達は、バブル崩壊以降ずっと、「何だか……すみませんね」という、世間に対して申し訳ない気持ちを抱いているわけですが、その気持ちの裏にはこの、「自分では何もしていない」という負い目があるのでした。戦中派世代のようにつらい時代に耐えたわけでもなく、また全共闘世代のように何かを変えようとしたわけでもなく、ただ時代に乗って浮かれていたらバブルが崩壊してしまいました、というのが我々。その上、自分達だけは楽に就職を決めて安定した職を得ているのに、すぐ下の世代は、地を這《は》うような就職活動をしても内定をもらえないわけですから、「申し訳ない」と思わざるを得ません。

バブル崩壊もまた、バブル世代の責任ではないのです。しかし私達には、「我々がはしゃぎすぎたからバブルは崩壊してしまったのではないか」といった気分もあり、やはり「申し訳ない」と思っているのでした。

会社においても、バブル崩壊以降のバブル入社組は、肩身が狭かった気がします。「人数はいっぱいいるけど、使える奴《やつ》は少ない」という感じで見られている気がしたのは、被害妄想なのでしょうか。また、「半沢直樹」の原作本『オレたちバブル入行組』を見てもわかる通り、大手企業においては採用者が多かったため、その後に厳しい競争にさらされ、脱落者も多く出ました。

「苦労知らずのバカ」と思われているきらいのあるバブル世代であるわけですが、そんな我々には一つだけできることがあって、それが「消費」なのでした。バブル世代は、お金を使う楽しさを知っています。ですから、バブル崩壊以降ずっと、たとえどんなに景気が悪くなっても、「消費の牽引役《けんいんやく》」という役割を仰せつかっ

てきた。若者から、

「ブランド物とかって、もうダサいっすよねー」

などと言われようが、

「そろそろ私も、本当にブランド物が似合う世代になってきたわ」

と、くじけずにブランド物を買い続けてきたのです。

特に我々女性は、その役割を強く期待されています。バブル世代が年をとる毎《ごと》に、私達の購買力を目当てに、世の中は変化していきました。昔は、中年女性向けの服というと、いかにもおばさんっぽいものかハイブランドしかなかったのに、「そこそこ高級感もあり、しかしおばさんっぽくなく、値段も手頃」といった中年女性向けのブランドがたくさん登場するように。また出版界においても、昔は中年女性向けの雑誌というと、「主婦の友」のような生活実用誌か、「家庭画報」的なマダム誌しかなかったのが、「お洒落もしたいしモテてもいたい」という生々しい中年向け女性誌が色々と創刊されたものです。

こういった現象を見ると、世の中から、

「あなた達は、難しいことは考えなくてもいい。だから、とにかくお金を使って日本の景気を少しでも上向きにしてほしい。そして能天気にチャラチャラ遊び続け、世の中を明るくしてほしい！」

と言われているかのよう。そしてつい、

「ではご要望にお応えして……」

と、買ったり遊んだりしてしまうのがまた、バブル世代の調子の良いところ。

先日、二十代女性の誕生日祝いの食事をする機会がありました。都心の洒落た和食屋さんで食事をした後、タクシーでカフェに移動して誕生日のケーキを食べようとなった時、彼女は、

「うわぁ、バブルって感じですね……」

と、感に堪えぬという風に、つぶやいたのです。

誕生日ケーキを食べるためにわざわざ場所を移動、それもタクシーで、というのが、彼女にとっては「まさにバブル」といった行為なのだそう。

私はそのつぶやきを聞いて、複雑な気持ちになりました。今の若者は、この手の行為に対して「ちょっとした贅沢ができて嬉しい」というより、「こんな無駄なお金の使い方して、馬鹿みたい」と思うのだろうか、と。

若者に「大人の世界を教えてあげるわ」くらいの気持ちで開催した食事会だったのになぁ……と、ちょっとしょんぼりしたその翌日、別の若者に話を聞いてみ

たところ、

「しょんぼりしないでいいんですよ！　私達は本当にバブルの時代に憧れてるし、『バブルって感じ』っていうのは、褒め言葉なんですから！」

と、慰めの言葉が。

「だって私達、景気が良い時代っていうのを、全く知らないんですよ。大人達がバブルの思い出話をしているのを聞くと、夢みたいで本当に羨ましい。だって、お誕生日には薔薇《ばら》を百本もらったりしたんでしょう？　男の人はみんな石田純一みたいで、ＢＭＷに乗っていたんでしょう？」

と、目を輝かせているではありませんか。

その若者が、本心からそう言っているのかどうかはわかりませんが、私にはその優しさが沁みました。薔薇を百本もらったこともなければ、ＢＭＷに乗ったこともない私ではありますが、

「そうなの？　ありがとうよ……」

と、手を合わせたのです。

私が子供の頃、大人達は皆、「今より貧しくて大変な時代を生きてきた人」でした。祖母は関東大震災を経験していたし、親は子供の頃に戦争を体験している

世代。「防空壕《ぼうくうごう》」とか「疎開」とか「空襲」といった単語を昔話の中で聞きつつ、「どんどん豊かになる世の中」を実感しながら、私達は大人になりました。

しかしバブル期以降、世の中は右肩下がりの時代に。結果、私達より下の世代は、我々よりもずっと経済的にシビアな時代を過ごしたしっかり者として育っています。私が若い頃、中年に対して「枯れた人達」のイメージを持っていましたが、今の若者達は中年というと、「ギラギラした人達」と思うのではないか。私達の思い出話の中にちりばめられる「ディスコ」とか「タクシーチケット」とか「BMW」といった単語を、若者達はどのように聞いているというのか。「あなた達がチャラチャラしているから私達は……」と、イラついてはいないのか。

申し訳ない気持ちを抱きつつも、私は今の若者を、希望をもって見ているのでした。祖父母の世代や親の世代は、自分達が戦争などのつらい時代を知っているからこそ、「この子達には苦労をさせたくない」と、我々を育ててくれたのだと思います。その結果、時代の波にも乗って、大人になっても消費の牽引くらいしか任せられないバブル世代が生まれた。

対して好景気を知らない今の若者達は、中年になってもプラダだヴィトンだ恋だセックスだと言っている我々を見てきっと、「私達がしっかりしなくては」と思ってくれているのではないでしょうか。

今の若者は、確かにしっかりしています。中年達は若者を見て、

「海外旅行もしない、車にも乗らない、スキーもスノボもしない、酒も飲まない、セックスもしない、服はユニクロ。おまけに大学の講義には真面目に出てるというじゃないか。一体何が楽しいんだ？　今の若者には、覇気が無い、覇気が！」

と言うものです。が、よく考えてみれば、大学生だというのに、勉強もせずブランド物を持って外車に乗ったり海外旅行をしたりという方が、よっぽど変。未成年でお酒を飲みまくりの末に男女関係乱れまくりというのも、どうだったのか。質素な服装で真剣に講義を聴く今時の大学生の姿は、理想的と言ってもいいのではないか。

この先の日本の景気は、また良くなるのかもしれません。が、がくんと悪くなることも、考えられる。しかし景気の悪い時代に地に足のついた生活をしてきた世代というのは、どんな時代になってもしっかりと生きていくことができるのではないでしょうか。

極めて特殊なバブル景気の時代に青春を過ごした我々世代と、戦後日本の歴史で初めて、右肩下がりの時代の中で大人になる若者達。

「私達はこの先も、内需の拡大をお手伝いすることによって景気を下支えすることに徹するので……、頑張れ、若者!」

と、せめてもの罪滅ぼしの気持ちを込めつつ、若者達にエールを送っている私なのです。

嫉妬

高校生の息子を持つ友人女性が、ある時尋常でないほどに憤慨しておりました。

「息子のカバンから、女子高の文化祭のチケットが出てきたのよ。それも、ちゃんとした女子高ならまだしも、名前も知らないような女子高の！　うちの息子に限ってそんなことは無いと思っていたのに。本当に素直な良い子なのに……、許せない！」

と、泣き出さんばかりの勢いです。

私は彼女が怒っている意味がわかりませんでした。素直な良い子だって、女子高の文化祭には行くだろう。

「えっ、女子高の文化祭のどこがいけないの？　私達だって、男子高の文化祭に行ったじゃないの」

とポカンとすれば、

「どうしても嫌なのよっ。息子が変な女子高生と話したりするのがっ」

と、興奮と悲憤のあまり、とうとう涙目に。

母親にとって息子とは恋人のようなものだとは聞いたことがあるけれど、これほどまでにその「恋」は真剣であったのかと、私はその時に初めて知ったのです。

特にその友人の場合、子供は息子が一人で、夫とは長年不仲。ますます、恋人としての息子の存在感は大きくなっている模様です。帰宅後の息子のカバンをチェックしているとは、さては携帯も見ているのかも。

そういえば高校生の息子を持つ別の母親は、

「息子の部屋をいくら探しても、エロ本が無いのよ。まぁ、エロ画像をネットで見ているとしても、毎日ゴミ箱をチェックしても、オナニーしている様子がうかがえないの。大丈夫なのかしら、うちの子」

と言っており、「そこまでするか！」と私は驚いたものでした。

「お風呂場とかでしてるんじゃないの？」

と、どうでもいい返答をしたことを覚えております。

それはいいとして、息子が女子高の文化祭に行ったことに激怒した母親は、

「息子を問いつめたら、友達の妹から呼ばれただけだとか、可愛い子なんか全然

いなかったとか言いわけしてたけど……、でもどうしても許せない！」

と、「息子が母親以外の女に興味を持った」ということに深いショックを受けている模様。

その様子はまるで、夫のカバンからキャバ嬢の名刺を見つけた妻のようなのでした。

「キャバクラったって、六本木ならまだしも、錦糸町《きんしちょう》よ！　うちの夫に限ってそんなことは無いと思っていたのに。問いつめたら、仕事の付き合いで行っただけだとか、可愛い子なんか全然いなかったとか言い訳してたけど……」

というように。

しかし今や彼女にとっては、夫のキャバクラよりも息子の女子高文化祭の方が、ずっと大きな問題なのです。

「いやでもさぁ、年頃になっても女の子に興味が無いっていう方が問題でしょ？　男子高の文化祭に行ってるよりいいじゃないの」

と、悲嘆に暮れる彼女を慰めれば、

「男子高の文化祭に行かれる方がまだましよっ。変な女につかまるより、ゲイになってくれれば、私と一生一緒に暮らせるかもしれないじゃないの」

と、息子への愛がたぎるあまり、極端な思考に走っています。

我が子に対するこの手の嫉妬というのは、中年期における特徴的なものでありましょう。子供が成長し、親の庇護《ひご》から離れて行動するようになった時、どうやら親というのは平静ではいられなくなる時期があるらしいのです。特に、子育てに真面目に力を傾注していた人ほど、その傾向は強い気がします。

そういえばその友人は、息子がまだ幼い頃から、

「うちの子は絶対マザコンにさせるつもり」

などと言っていたので「危ない……」とは思っていたのです。彼女の祈念は通じ、母親思いの優しい青年に成長したのですが、しかしやはり、同世代の女子への興味は持ってしまったのであり、それが母親の逆鱗《げきりん》に触れた。彼女がこれから、どのような姑へと育っていくのかを見るのは、怖くもあり、また楽しみでもあるのでした。

中年女の嫉妬の対象は、疑似恋人である息子ばかりではありません。母親は、娘にも嫉妬をするのです。

娘も成長すれば、お洒落をし、恋をし、仲間と楽しく遊び……と、我が世の春を迎えることになります。その時、母親というのはどうも、楽しそうな娘に対し

て、納得できない気持ちを持つらしいのですね。

「いいわねぇ、あなたは毎日楽しそうで。私なんか毎日おさんどんなのに」

などと、恨みがましい目で娘を見たりする。

中年は何故、我が子に嫉妬をするのかといえば、「あちらは上り坂の途中、こちらは下り坂の途中」という事実が最も如実に現れるのが中年期だから、なのでしょう。子供達がまだおぼこいうちは、親と子は支配・被支配の関係で安定していました。しかし親が中年になる頃、子供はさなぎが蝶《ちょう》になるかのように、おぼこさを脱ぎ捨てます。さなぎから出たての蝶は濡れるような美しさを誇って異性を惹きつけるわけですが、その時の親は、どんどんカサカサになる一方。ツヤツヤの子供とカサカサの自分を見比べて、

「いいわねぇ、あなたは」

ということになるのです。

しかし、今は子供に対して嫉妬してしまう中年女達も、かつては母親から嫉妬されていたのです。我々世代の母親達というと、その青春期にはまだ、今のように女性の社会進出が進んでいたわけではありませんでした。結婚して子供を産むことが、女性が生きていくために用意されたほとんど唯一の手段。本当はしたい

ことがあっても、結婚や子育てのために諦めた女性もたくさんいたのであり、専業主婦となった女性達は、自分が諦めた夢を、娘に託すことになりました。

娘にちゃんと勉強をさせ、習い事にも通わせ、就職もさせた我々の母親達。我が家がまさにそうだったのですが、娘が就職しても共に住み、そのパンツもブラジャーも洗濯してやり、残業から帰ってきたら温かい食事を出してやったのです。

対して娘は、大変そうでありながら、充実した毎日を過ごしている様子です。仕事がオフの時は、合コンだ海外旅行だと、プライベートも充実し、「結婚しなくては」というプレッシャーからも自由な様子。

そんな姿を見て母親達は、そこはかとない悔しさを感じています。娘に夢を託したのは確かだけれど、その夢を実現させてチャラチャラと能天気に生きている娘を見ると、「どうしてこんな楽しそうにしているのが私ではなく、娘なのか」と思ってしまう。

「ま、お母さんは専業主婦だからわからないだろうけどさぁ」

などと働く娘に言われると、家族のために尽くしてきた自分は何だったのかと、思えてくるのではないか。

母親世代の嫉妬と、我々世代の嫉妬とでは、同じ「娘への嫉妬」でも、少し質が違うようです。我々世代は、自分自身が好き勝手にやってきたので、「私ができなかった夢を娘に託す」という期待のかけ方はしていません。「のびのびと、本人の個性を伸ばしてやりたい」という育て方の人が多いようです。

では我々世代は娘の何に嫉妬しているのかといえば、「若さ」に対してなのだと思います。「自由に楽しい青春を過ごしてきた」という自負がある我々バブル世代は、「一番楽しんでいるのは、常に私。世の中の中心は、私なの」という意識をどこかで持っています。それは中年になっても消えることなく、口では「私なんておばさんだから」と言っても、内心では「若者と同列、いやむしろそれ以上」と思っている人も多いもの。

しかし、制服ディズニー（念のため注・大学入学後、友人同士で出身高校の制服等を着て、ディズニーランドに遊びに行く行為）だ、ハロウィンパーティーだと、自分達の青春時代には無かった遊びを楽しむ娘を見ると、「どうして娘が私より楽しいことをしているわけ？」と、母親はふと思ってしまうのでした。当然ながら娘の肌は、化粧などせずともツヤツヤだし、シミも白髪も無い。そしてどうやら、モテてもいる様子……。

中年母はといえば、いくらアンチエイジング技術が発達したとはいえ、肉体は衰え盛りだし、夫との仲も冷め盛り。頭の中で様々な妄想はたくましゅうしているものの、実際の異性交遊となるととんとご無沙汰なのであり、ホルモンと水分とに満ちあふれた娘の姿が、老眼の瞳にはまぶしすぎます。娘と一緒に歩いている時、すれ違う男性の視線が当たり前のように娘に集中するのを実感すると、娘に対する愛情とは関係なく、灰色の気持ちが胸の中から湧いてくるのです。

若さへの嫉妬は、中年女にとっての宿命といえましょう。仕事の現場においても、どんなボケたミスをしても、若い女の子であれば、

「すみませ〜ん、てへ」

と言うことで許される場合が多々あります。それを見たベテラン中年女は、

「『てへ』で誤魔化してるんじゃねぇよ。上司のオヤジも『てへ』で許してんじゃねぇよ」とカリカリするわけですが、それは明らかに若さへの嫉妬。

中年女が若い女に嫉妬するのは、自分もまた、かつては「若いが故に得られる様々な利益」を得てきたからです。そういえば私も、二十代前半の会社員時代、上司の海外出張のお土産として、自分だけちょっと素敵なスカーフをもらったことがありましたっけ。それを知った職場の中年女性は、ものすごい顔でこちらを睨《にら》んで、

「フン、砂に水撒《ま》くような真似《まね》して」

とつぶやいたのです。

それを聞いて私は震え上がったわけですが、彼女の気持ちも今であればよーくわかる。仕事の場において、中年女は若い女よりもずっと、高い能力と経験を持っているのですが、可愛がられたり特別扱いされたりするのは、若い女の子。それは自然の摂理とはいえ、目の前で繰り広げられる年齢差別を、中年女が快く思うはずがありません。

若い女はえてして、「自分が若いから」特別扱いされるのではなく、「自分が特別だから」特別扱いされるのだと、誤解しています。そしてなぜか、誤解をしたまま年を重ねていくことがある。

しかし「特別扱いシート」は、シルバーシートのように、ある年齢層の人にしか与えられないものなのでした。そしてシルバーシートとは違って、年をとると誰しも順番にトコロテン式に押し出されるのですが、「私が特別だから」と誤解したままの人は、「なんで私が押し出されるわけ？」と怒り出すのです。

特に、若い頃にうんとチヤホヤされて、大きな既得権益を持っていた人ほど、その怒りは強いようです。その怒りを世間では「嫉妬」と言うのですが「私が当

然得るべき利益を、あの若い女は不当に私から奪っている」と怒っている中年女は、それが嫉妬だとは決して認めず、周囲から、

「怖い怖い」

と遠巻きにされる、と。

私は若い頃、「嫉妬は若者だけの感情だ」と思っていました。恋だの愛だのといった行為を現役で行っている若者だけが、嫉妬に苦しむ権利を持つのだ、と。ところが大人になってみると、それはどうも違うらしいではありませんか。大人になればなったで、その年なりの嫉妬シーンというのが現れるのです。してみると中年というのは、嫉妬盛りのお年頃なのかもしれません。配偶者に対しても、浮気だなんだと嫉妬し、子供にも「楽しそうにしてる」と嫉妬。自分には無いみずみずしい肌を持つ若い女にも嫉妬すれば、自分より良い思いをしていそうな友人知人やネット上の誰かにも嫉妬……。

中年女達が、韓流スターやジャニーズアイドルに走るのは、そのせいなのかもしれないなぁと思うのでした。嫉妬という感情はなぜ発生するのかといえば、自分が所有していると思っているものが、何らかの理由によって侵害されたから、なのでしょう。夫や子供といった家族は、当然ながら自分のものだと思っていた

のに、ふと気がついたら別の方を向いていて、「別にあなたの所有物じゃありませんから」という顔をしている。また、生まれた時からずっと自分のものだと思っていた若さもまた、いつの間にかするすると、自分の手中から消えていった。しかし、韓流スターやジャニーズアイドルは、夫や子供のようにプイとそっぽを向いてしまうことがありません。若さのように、いつの間にか手元にありませんでした、ということもない。CDを買ったりチケットを買ったりといった対価を払えば、いつでもにっこりと微笑《ほほえ》みかけてくれるのです。

たかだかお金を支払う程度のことで、常に微笑み、優しい言葉をかけてくれるとは、何と有難い存在でしょうか。何年、何十年にもわたり、三度の食事、掃除、洗濯といった奉仕をしてきたのに「うぜぇ」とか言う家族とは大違いです。

もちろんスターやアイドルは、本当の意味でファンに所有されているわけではありません。しかし中年女は既に、所有という概念ほど頼りにならないものはないということを、知ってしまったのです。「未来永劫《みらいえいごう》、私のもの」などと思うことができるものなど、この世には何も無い。だからこそ、若いアイドルが放つ輝きを、お金を払って一瞬だけ自分のものにするのだ。……と、中年女達は既に悟っているのではないか。

しかしそんな中年女にも、きっと再び「所有感」を確認できる季節は巡ってくるのだと思います。夫もいずれは妻の許《もと》に戻り、今度は妻からウザがられるように。子供もまた、いつまでもチャラくはなく、親孝行にめざめるはず。そしてさらに年をとれば、かつて若さを所有していたことすら、忘れるようになるのでしょうから。

所有欲と嫉妬の中で、揺れる中年。揺れ動くのはつらいことではありますが、揺れることができるのも、まだ生々しさが多少とも残っているからなのだと、私は思うのです。

老化放置

現在、人生初の腰痛に見舞われている私。大雪が降った時の慣れない雪かきで少し腰が痛くなったのですが、それが何かのきっかけで重くなったものと思われます。

前かがみになるのがつらいのですが、その状態ですと、動きが非常に年寄りじみるのです。いちいちテーブルなどに手をついてでないと、かがめない。「よいしょ」という掛け声が、本当に必要となる。腰掛ける時も、途中から力が入らず、ドスンと腰を下ろす。……一番重症だった時は、階段を上がる時も手すりを持たないとつらかった。手すりの有難さを、生まれて初めて実感したことでした。

驚いたのは、かがんで靴下を穿《は》くことができないことです。しかし靴下を穿かないわけにもいかず、ベッドで寝転がりながら靴下のみならず、タイツだのズボンだの、色々なものを穿きました。

腰痛を経験してみて実感したのは、「お年寄りは、こんなに大変なのだなぁ」ということです。電車やバスの乗降時など、お年寄りがゆっくり動いていると、ついイライラすることがあります。が、腰痛になってみると、自分もまたノロノロとしか動けないではありませんか。乗り物においては、「おじいさん、おばあさん、どうぞゆっくり降りてください」という気持ちになり、そして若く健康な人はいかに残酷であるかも理解するのです。

若さが持つ残酷さは、自分が中年になって初めて、しみじみ感じることです。自分に白髪など無い頃は、四十代にさしかかったくらいの美人女優が白髪染めのコマーシャルに出るのを見て、「この人もまだきれいなのだから、こんな商品のコマーシャルに出なくったっていいのにねぇ。白髪染めって、おばあさんが使うものでしょ？」などと思っていました。が、白髪というのは四十代にさしかかれば、多かれ少なかれ、誰にでも生えてくるものなのですね。

尿もれパッドというものについても、同じことが言えるのでしょう。尿もれパッドというのは、比較的最近になって出てきた商品。多くの女性が、中年になると尿もれを経験しているという話もあります。尿もれ業界では、「あなただけではありませんよ」と、中年女性達に安心感を与えようとしているのです。

骨盤底筋を鍛えることが尿もれ防止につながることも今は知られるようになりましたが、とある尿もれ用品のサイトを見ていたら、フランスでは産後の骨盤底筋のケアが当たり前でパリジェンヌは皆やっている、といったことが書いてありました。さすがパリ、骨盤底筋への意識も進んでいるのか……。

それはいいとして、幸いにも私は尿もれ未経験者なのです。ですからその手の商品にも縁遠い気持ちを持っていたのですが、しかし実は四十代では三人に一人が、尿もれ経験者だと、そのサイトには書いてありました。ということは、同世代の友達三人が集まれば、一人は尿もれ経験を持つということ。六人集まれば二人、九人集まれば……（以下続く）ということか。

尿もれ用品のコマーシャルには、いかにも尿もれしていなさそうなＲＩＫＡＣＯさんが登場していますが、彼女が登場することによって、「こんなにきれいなＲＩＫＡＣＯさんも尿もれしているのかもしれないのね」「尿もれも、当たり前のことなのだわ」と思う女性は、多いことでしょう。

中年になるとこのように、加齢による身体の変化に人知れず悩むということが多くなるのです。同じような症状に悩む人が同世代の過半数になると、

「もう老眼がひどくってさぁ」

「私もよ。薄暗いお店とか、大嫌い」

などと忌憚《きたん》ない話ができるようになるものの、「もしや、私だけ？」と思っている時は「老眼が始まっているだなんて恥ずかしくて言えない」となってしまう。

特に今は、アンチエイジングへの意識も進み、いつまでも若く美しい人が多いもの。余計に、老化をひた隠しにしなければならなくなっています。

外面の若さを保つ技術は色々と進んでいるようですが、いくら見た目が若くとも、身体の内側の老化が着々と進んでいるというケースは、多々あります。骨盤底筋というのもまた、肌がきれいだからといって鍛えられているものではない。とても若い外見なのに、話してみると口臭がしたりして、「あっ、この人ってそういえば本当は年をとっていたんだ。内部の老化は隠せないのね」と、かえって意識させられることもあるのです。

先日、『「若作りうつ」社会』という新書が並んでいるのを見ましたが、その言葉を見て「ああ、わかる」と、私も思ったことでした。時の流れに逆らうかのような若作りは、人を元気にさせる面もあるかと思いますが、心身の裏側には、秘かにストレスを与えるのではないか。

外見もファッションも若々しいのだけれど、実は尿もれに悩んでいる、とか。染めて隠しているけれど、実は白髪もこんなにたくさん、とか。私達は今、「中年であること」を隠しながら生きていかざるを得ません。

「いやいや、あなたが中年であることは既によーくわかってますよ。頑張って隠すことはありませんって」

と言われるかもしれませんが、しかし今、世の中年女達が全員、髪を染めることもシミを隠すことも突然止めてしまったら、日本全体が「老けた」という印象になるものと思われます。中年が若作りをするのは、もはや環境保全の一環と言っていいでしょう。

将来のことを見据えると、「では我々は、一生隠し続けなくてはならないのか」という問題にぶち当たります。昔、私の母親が、

「白髪って、一回染めると一生染め続けなくちゃならないのよね。ああ面倒臭い」

とこぼしていましたが、しかしどこかでもう染めるのは止めて、ありのままの白髪姿を公開するという時が来てもいいのではないか。

世を見てみると、髪を染めずに白髪スタイルで生きる女性もいるものです。島田順子さんのロングの白髪、加藤タキさんの白髪オールバックなど、とても格好

いい。

しかし、白髪が格好いい女性達を見ると皆、いわゆるセレブであることがわかるのでした。白髪をきちんとセットしているか、もともとセンスが良いので無造作風にまとめてもお洒落に見えるか。そして、セレブライフを象徴する、日焼けをしたきれいな肌を持ち、服装も当然ながらきちんとしているので、ゴージャスマダム感が白髪によって強調されるのです。

もしも、センスが無くずぼらな非セレブが白髪を放置したら、と考えると、それは危険なプレイです。フリースにジャージ姿の中年女が、ボサボサの白髪頭であったなら、それは山姥《やまんば》以外の何者でもない。

若作りが必須となった今であるからこそ、「老化の放置はセレブの特権」という気も、私はするのでした。たとえば、キャロライン・ケネディ前駐日アメリカ大使。彼女は五十代後半なのですが、顔を見ると普通の同年代女性よりも、ずっとシワが多いのです。アップの写真など見ると、ちょっとぎょっとするほどのシワっぷりであり、ネットで「キャロライン・ケネディ」を検索しようとすると、次の検索ワードに「しわ」が出てくるほど。

しかし美容先進国のアメリカの代表的セレブであるケネディ家の一員である彼

女は、シワをどうにかしようと思えば、いくらでもできたはず。それを放置するのは、「自信があるから」なのだと思うのです。自分はこのままで十分に幸せ。シワごときに左右される人生ではない。……という思いを強く持っているからこその、シワ放置なのではないか。

また二〇一四年の春にローリング・ストーンズの来日公演を見に行ったところ、ステージ上の彼等も、見事にシワシワでした。一人を除いて全員が七十代なわけで、シワシワなのは当たり前ではあるのです。が、一方では日本の歌手でも、「明らかにこの人は、整形をしまくりであるなぁ」と思わせる中高年の男性歌手がいるもの。

紅白歌合戦などで、確かにシワは無いのだけれど、ひきつったような無表情顔で歌うその手の歌手と、顔はシワシワだけれど東京ドームの広いステージの端から端まで、スキップで進みながら歌い続けるミック・ジャガーとを比べると、後者の方が格好良いことは明らかなのです。

ローリング・ストーンズにしてみても、彼等の中にある揺るぎない自信が、シワの放置という行為に表れるのでしょう。自分達の音楽、スタイル、そして今まで来た道に満足しているから、「このままで良い」と思っている。自分達のシワの格好良さを、彼等も十分にわかっているはずです。

セレブというと、美容整形外科医と仲良しという印象がありますが、次第に時代は変わってきているのかも。シワだの白髪だのといった細かな老化にいちいち対処しようとする人は、「人生でまだまだ手に入れなくてはならないものがある」というガッツキ感を感じさせるのに対して、そんなことは放置できる人からは、豊かな充足感が溢れています。

選ばれた者だけに許される、老化の放置。対して「私はこのままでもいいの」と思うことができない小市民達は、せっせと白髪を染め、シワにクリームを塗り込むしかありません。

もちろん、何もかも隠さずに自然なままでいられたら、どんなにラクだろうとは思います。が、一般の中年にとって心配なのは、老化を放置することによってさらなる老化が進行してしまうことのみならず、「土俵から降りたと思われる」ということでしょう。

それはたとえば、性愛の土俵。白髪をそのままにしている大人の女性はとても格好いいのですが、ではその人達はセックスをしているのかなぁ、と考えてみると、「たぶんしていないだろうなぁ」という気がしてなりません。

大人の女性がモテるというフランスなどの事情は知りませんが、日本ではまだ、女性の白髪に性的興奮を覚えるという人の話は、あまり聞かないもの。熟女ものAVなど見ても、熟女達はシワやたるみは晒しても、白髪は染めているのです。色々な意味で「私は既に十分満足しています。だから、もういいわ」と思うことができる人だけが、白髪染めを断つことができるのだと思う。

対して現在の日本の中年女達は、そこまで充足していないのでした。性愛の土俵においても、「いつまでもセックスってしていなくてはいけないらしいし……。まだ私にも、性愛の土俵に上るチャンスはあるかもしれないし……」と思うから、白髪は染めるしシミも隠すのです。

以前、母親が、

「○○さんって、シモの毛を染めているんですって……。びっくりしたわ」

と言っていました。○○さんとは、当時六十代の女性。性愛の土俵に現役で立っている、もしくはこれから立つ可能性が高いからこその、シモの毛染めでしょう。

そういった話を聞くと、私の中には「隠せばいい、というものなのだろうか」という疑問が湧いてくるのでした。年をとれば人間、あちこちの毛が白くなるのは自然の摂理。それは男性も理解していることです。しかしわかってはいても、それが黒く見えさえすれば「できる」ということなのか。

しかし、やはり「隠せばいい」ということなのでしょう。たとえ目の前にいるのが整形による美女だとわかっていても、「今、美人ならそれでいい」と思う男性はたくさんいます。本当の姿はどうあれ、今現在どのように見えるかが、世の中では重視されるのです。

だからこそ私達市井の中年は、せっせと「中年感」を隠すための努力を続けるのでした。別に「性愛の土俵に立とう」ということではなくとも、仕事の土俵においても、シワシワのシミシミよりは、整っている中年の方が好かれそう。子供達にとっても、シワシワでシミシミのお母さんが保護者会に来るよりは、きれいなお母さんの方がよいのです。

腰痛の私も、動く度につい、「イタタタ」とか「よいしょ」とか言いたくなるのですが、それではあまりにもババむさいと、人前では頑張って涼しい顔をしてみせるのでした。「こういう大変さを、若者達は決して理解してくれないのだろうなぁ」と思うのですが、しかし若者達もやがて、中年になる日が来る。「何事も、順番ですね」と心の中でお年寄りに話しかけつつ、せめて痛くないフリをしているのは、やはり私が何らかの土俵からまだ降りたくないからなのだと思います。

感情

内向的な子供であった私。授業中に先生にあてられると、返答する声がうわずったものです。人前で話すことは、大の苦手でした。

それは「内弁慶」と言った方がいいのかもしれません。仲間うちの間では、どんなくだらないことも平気で話せるのだけれど、それ以外の人の前に立つと、自意識が過剰に溢れ出してしまう。

内向的な子供が、そう簡単に外向的な大人になるわけはありません。長じて後、会社員になっても、会議で発言する時は背中を嫌な汗がつたい、その発言には明らかにキレが無い。プレゼンなどしなくてはならない日の前は、「明日、地震が起こらないものか……」と祈っていました。

三人以上の人がいると途端に話せなくなる私を見て、優しい上司は、

「酒井、話すのがそんなに苦痛なら、言いたいことを書いてオレに出してもいい

んだぞ」

と言ってくれました。が、広告会社という業種において、話せない社員というのは存在しないも同然。「こんな私がお給料をいただくのは、あまりに申し訳ない」という気持ちが募って会社を辞めたと言っていいでしょう。

かくして執筆専業生活に入った私ですが、「書くだけで、話さなくていい」という生活は、本当に幸せ。一日中、誰とも話さない日があっても、特に苦痛ではありませんでした。

そんな生活を続けてきた私ですが、中年期にさしかかった頃から、「話さなくてはならない」という機会が、少しずつ増えてきたのです。義理があって、どうしても何かの会合に出なくてはならず、その場でちょっとしたスピーチをしなくてはならない、とか。食事会などにおいて、「その場で最年長者」という状況も増え、

「じゃ、一言お願いします」

と言われたり。

はたまた、中年になると身の回りでぼちぼち、物故者も出てきます。若い頃は、ドギマギしながら友達の結婚披露宴でスピーチをしていたのが、中年になるとご

葬儀で弔辞を読んだり、偲《しの》ぶ会でスピーチをしなくてはならなくなってきました。そんな日々を送っていたある時、何となく気づいたことがあります。それは、

「私、緊張しなくなっている」

ということでした。スピーチの時に人前に立っても、若い時のように汗をしどどにかいたり、マイクを持つ手が震えたりせず、普通の声で、普通に話すことができるようになっている。それどころか、会場にいる人達の顔を見回したり、より聞きやすくすべく、ゆっくりはっきりと話したりしている自分がいるではありませんか。

「人前で話す時に、緊張しない」という状況に慣れていないので、話しながらも「本当に今、私は緊張していないのだろうか?」と確認してみるのですが、客観視してもやっぱり緊張していない様子。緊張していない自分に、驚きます。

なぜ、自分は緊張しなくなったのか。……と考えてみますと、思い当たることが一つあるのです。それは、とある映画を見た時のこと。それは日本の映画で、終演後に監督とプロデューサーのトークショーがあるということでした。監督は男性でしたが、プロデューサーは中年の女性。

終演後、トークショーが始まって気づいたのは、プロデューサーの中年女性が、

やけに緊張している、ということなのです。視線は定まらないし、とても早口。舞台に出る時も去る時も、小走りになっています。

私がそれを見て、思ったことはただ一つ。トークの内容は全く耳に入らず、

「中年女が緊張していても、良いことは一つも無い」

ということだけが、印象に残りました。

若い女の子が人前で緊張しているのはまだ、「初々しい」と言われるものです。結婚披露宴のスピーチで言葉に詰まっても、「あら可愛い」と思われる。しかし、緊張のあまり挙動不審になっている中年女は、全く可愛くありませんでした。「この人は立派な大人なのに、何でずっとおどおどしているのだろう」との印象が募るのみ。その姿を見て私は自らに、

「中年になったのならば、いついかなる時でも堂々としていなくては！」

と言い聞かせたのです。

日本人は、初々しさや若々しさを珍重する民族です。それがわかっているからこそ、私達も若い頃は、自分をなるべくウブに見せようとしていた。そして、できるだけ長い時間「ウブさ」をアピールしようと、努力してきたのです。

しかし、中年になってもウブ、すなわち中年になっても未成熟という様子を目

の当たりにして思ったのは、「痛い」ということでした。そして、「私はもう、腹をくくらなくてはならないのだ」とも。

その出来事をきっかけに私は、人前で話さなくてはならない時、次第に緊張してくる自分にいつも、「いかなる時でも、堂々と」と言い聞かせるようになりました。動作も話もちょこまかせずにゆっくりと、余裕をもって……と思っているうちに、あーら不思議。いつの間にか、「緊張しない自分」がいたのです。

もちろん、「慣れ」ということもありましょう。いくら話下手でも、何度も話す練習をするうちに、少しずつは慣れてきた。

さらには、「中年になってスレてきた」という理由も、あると思うのです。若い頃は、「失敗したらどうしよう」「バカだと思われたらどうしよう」などと、様々な心配を募らせて、自分を追い込んでいました。しかし俗世の風に長年晒されているうちに、精神も摩耗してきて、「失敗しても死ぬわけでなし」「土台、バカなのだからしょうがない」と、思うことができるように。

それはつまり、「図々《ずうずう》しくなってきた」ということなのです。若い頃は、電車の中で空席に駆け寄るおばさんを見て、「嫌ね、おばさんって図々しくて」と思っていました。が、自分も中年になってみたら、「別にどう思われようと構いませんし」といった感覚は、どんどん強くなって、平気で空席に座っています。

「だっておばさんだしー」

と言うことによって、色々なことが許されるという余裕、というかふてぶてしさが出てきました。

加齢とともにスレて図々しくなったから、ではあっても、人前でまぁ普通に話せるようになったことは、私にとってとても喜ばしいことなのでした。次第に欲が出てきて、スピーチの時に「ウケたい」とすら思う自分がいて、加齢の効果を実感します。

また若い頃は、ちょっと素敵なレストランで注文をするだけでも、緊張していたものです。それが今となっては注文のタイミングもはかれるようになったし、サービスの人に対しても全く物怖《ものお》じしないように。

しかし一つ、人前で話すということに関しては困った癖があって、それが「号泣癖」。私には、何かスピーチをしている時、自分では全く泣くなどと思っていなかったのに感極まって泣く、それも号泣、という癖があるのでした。

元々、目頭熱子《めがしらあつこ》ではあるのです。卒業式とか、高校最後の運動会とか、最後のインカレとか、後輩の試合を見るとか、とにかく感動的な出来事があると、泣きまくってきました。

なぜか友達の誕生パーティーの時ですら、「じゃ、一言ずつお祝いのコメントね～」となった時、

「○○ちゃん、おめでとう……（号泣、以下言葉にならず）」

といった事態になり、「この人、なんで泣いてんの？」と周囲をポカーンとさせていたのです。

中年期になりますと、前述の通り、物故者を悼むスピーチをする機会が増えてくるわけです。となると、誕生会などの比ではなく、涙腺が刺激されるのは自明。

しかし、「涙のスピーチ」というのも、若い女性がするのと中年女がするのとでは、意味合いが違ってきます。結婚披露宴のスピーチで、新婦の友人である若い女性が、泣きながら、もしくは涙をこらえながら、

「○○ちゃん、おめでとう」

などと言うのは、やはり可愛らしいもの。また悲しみのあまり泣いている時でも、パンと張った頬を伝う一筋の涙は美しく、「可哀想に」と、同情も集まります。

対して、中年女の涙のスピーチというのは、まず美しくありません。肌に張り

が無いので、涙もすーっと流れず、あみだくじのように頰をジグザグに伝って顔中がまだらに濡れていく。涙のみならず鼻水も出てきて、「チーン」とかみながらでなくては話すこともできず、それがまたおばさん臭い。

さらに、「泣きながら話す中年女」は、可哀想でもないのです。

「○○ちゃん、なんでこんなに早く……（以下号泣）」

となっても、「あらら……」と周囲を引かせてしまう。

私はある時、さる方を偲ぶ会において、ついこらえきれずに「涙のスピーチ」をした後で目頭をおさえていたら、年下の男性から、

「すっかり涙腺がゆるんじゃってますね」

と、ニヤニヤしながら言われたのでした。それを聞いて私は、「そうか、中年が泣いていると、『この人は悲しんでいる』ではなく『この人の涙腺は老化している』と思われるのだな」と気づいたのです。年をとると涙腺がゆるむと言いますが、私の涙も、老化によってダダ漏れしていると思われている模様。

それを聞いて私は、「中年は、人前で泣かない方がよいのだ」ということも、心に刻みました。美しい涙を流すことができた時代は、もうとっくに終わっていました。悲しみは、自分の心の中にしまっておくべきだったのです。

してみると中年に必要なたしなみとは、「感情をむき出しにしない」ということなのでしょう。緊張したからといって、その緊張感をそのまま表に出さない。悲しいからといって、泣きたい欲を思いきり解放しない……というように。

年をとると、人はスレると同時に円くなるとも言われます。若い頃はとげとげしかった人も、心に余裕が生まれて、あまり怒らなくなる、などと。

しかし実際には、中年になって怒りっぽくなっている人は、男女を問わずたくさんいます。若者のささいなミスが許せなかったり、町中でマナーが悪い人をいちいち怒ったり、常にイライラしていたりと、「あれ、この人って昔より怒りっぽくなってる」という人がいるもの。

我々は、怒りという感情も、コントロールしなくてはならないのでしょう。中年が怒り狂っている図というのはやはり、「ああこの人、年をとって我慢がきかなくなってしまったのね」という印象を周囲に与えるのですから。

それは、感情を殺すということでもないのです。緊張しても、悲しくても、怒りが湧いてきても、それを「年の功」というやつで上手に隠したり、別のものに変えたり、そっとしまったりする技術が、中年には必要なのではないか。

社会において中年に期待されているのは、「自分の感情をむき出しにすること」

ではなく、「感情を抑えきれなくなっている人を、受け止める」という役割です。緊張のあまり挙動不審になっている人がいたら、行って「怖がらなくてもいい」と言い、悲しみのあまり泣きはらしている人がいたらその肩を抱き、怒り散らしている人がいたら「つまらないからやめろ」と言い……という、「雨ニモマケズ」的な精神が必要となってくるのではないか。

中年になっても、まだ感情を好き放題にまき散らす人というのは、すなわち気持ちがまだ若く、「こんな私のほとばしる感情を、誰かが受け止めてくれるはず」という甘い思いを持っているのだと思います。「いつまでも若く」ブームの影響で、感情コントロール機能までもが、いつまでも若いままなのです。

私にも多分にそのきらいがあるので、反省することしきりなのですが、まき散らすのでなく、受け止めて収束させる側にそろそろ回るのが「順番」というもの。私も、自分だけ泣いてスッキリするのでなく、泣きたい人を気持ちよく泣かせてあげられる人になりたいものだと、思っております。

寵愛

小保方晴子《おぼかたはるこ》さんの問題は、当時のワイドショーをうんと賑《にぎ》やかにしてくれました。可愛い理系女子、という珍しい生き物の論文捏造《ねつぞう》疑惑に、我々はおおいに沸いたのです。

小保方さん問題ではっきりと分かれたのは、彼女に対して持つ感覚の男女差です。男性にはウケが良い彼女でしたが、女性からの評判は芳しくありません。ヤワラちゃん以来久しぶりに、「女に嫌われる女」のスター登場という感じがして、彼女もたとえ研究者の道が閉ざされたとしても、参議院議員という道があるのではないかと思ったものです。

とはいえ男性も、皆が小保方さん好きというわけではなさそうです。彼等を見ていると、小保方さんについて「可哀想」と思うか否かが、おじさんか否かのリトマス試験紙となった感があるのです。

すなわち、若者男子は「コピペとか、ありえないっしょ」などと比較的彼女に冷たいのに対して、

「一人で責任取らされて、あんな若い子が可哀想だよ」

と言うのは、中年以上の人。

そんな声を聞いて、女性達はイラッときていました。明らかにヘアメイクさんが入っていると思われる髪と化粧で記者会見に臨んだ時点で、女性は「うへぇ」となったわけですが、おじさんにとっては、彼女の髪が巻いてあろうとなかろうと、やつれ顔を演出するためのシャドウが頬に入っていようといまいと、どうでもいいことなのです。

もちろん私も、巻き髪にはイラついていました。が、その時にふと気づいたのです。「この感情って、嫉妬というものではないだろうか」と。

大げさに言うならば、私もかつては「小保方晴子」でした。しかし私は、中年となった今は既に、小保方晴子的な利益、すなわち「若い女として存在することによって、おじさま達から無条件で可愛がってもらえたり、可哀想がってもらえたりする」という利益を失っています。だからこそ、「ちょっと前まで私が享受していた利益を、この人に奪われた」という嫉妬を、覚えているのではないか。

もちろん小保方さんは、もともと才能豊かであり、努力家でもあるのだとは思います。しかし、女性が少ない理系の世界で、悪くない容姿の若い女性として生きていれば、若い女性であるが故の利益は、たっぷり享受しているはず。

まだ捏造疑惑が発生する前、彼女は記者会見で、「研究で困った時には、必ず助けてくれる人が現れた」といったことを言っていましたが、その「助けてくれる人」こそが、頑張っている若い女性を見ると手を差し伸べずにいられないおじさま達なのではないか。この、「おじさまは、職場の若くて可愛い女性を寵愛《ちょうあい》せずにいられない」という「小保方現象」とでも言うべきものは、STAP細胞よりよっぽど確実に、そして普遍的に存在するのです。

中年女の皆さんにしても、自らの若い頃を思い返せば、多かれ少なかれ小保方現象の恩恵を受けているはずです。私のような者ですらも、新入社員として会社に入った時は、どんなにミスをしても、またどんなに役に立たなくても怒らずに、それどころか寿司などおごってくれる上司がいたもの。

中にはその現象を勘違いして、「○○さんがこんなに私を可愛がってくださるということは、私って仕事の能力があるのね」と思う若い女子もいました。が、おじさまによる寵愛行為は、女子側の能力の有無とは関係無く発生するもの。中年男性にとって、「若い女の子が目の前にいたらとりあえず、可愛がってみる」というのは、猫好きが濡れた子猫を見たら手を差し伸べずにいられないのと同じ、本能的行動なのではないか。

小保方現象のお陰で楽しく会社員生活を送った私ですが、しかし一方でそんな「可愛がり」を受ける時、どこかから冷たい視線が送られていることは、うっすらと感じておりました。ただ「若い女」というだけで寿司やフグに連れていかれたり、大して面白くない企画を持ち上げられたりしている私のことを、当時の中年女性社員の皆さんは必ずや、苦々しい思いと共に見ていたに違いないのです。

その、中年女性社員達が放った鋭い視線。それこそが、私が今、小保方さんを見る視線です。我々は小保方さんを見て、

「若い女です、っていうのを利用しているのが嫌よね」

「そんなことにも気づかないって、男って本当に馬鹿じゃないの?」

などと言うわけですが、自らもまた、かつては小保方現象の恩恵にたっぷりとあずかったことは忘れています。「私が若い頃に受けたのは、正当な判断としての高評価。小保方さんが受けたのは、単に若い女性というだけのえこ贔屓《ひいき》」と、自分の都合の良い方に考えたりもする。そして、自らのイラつきの原因が「既得

権益だと思っていたものを奪われた悔しさ」であることも、見て見ぬフリをするのでした。

小保方現象は、何歳くらいまで女性に恩恵を与え続けるのでしょうか。中年女同士は、

「あーあ、仕事も何も関係なくて、ただ単にご飯を男性からおごってもらうなんてこと、めっきりなくなったわ」

「若い頃は、無邪気におごってもらえたのに。何かお返しをしなくちゃとか、それすらも考えなかった」

「そうそう、モースの『贈与論』もびっくりっていうか。お父さんみたいな感覚に近かったわね。『私とご飯を食べること自体に価値があるでしょ』くらいのこと、思っていた」

などと語り合うのです。

が、中年になっても、小保方現象が全く消滅したわけではありません。ただ、相手の男性が、六十代とか七十代になってくるだけ。ある中年主婦は、

「私のことを気に入ってくれて、たまに食事をおごってくれる会社員時代の元上司がいるんだけど……、もう六十代で会社も定年退職してるのよ。過去の栄光に

すがりたいのか、会社員時代の自慢話ばっかり、それも同じ話を何度も。いくらおごりでも、半ば傾聴ボランティアみたいで、つらい」

と言っていましたし、またある中年会社員は、

「私のことを気に入ってくれている上司って、もう役員。高いお店に連れていってくれるんだけど、二人で食事していると、長年連れ添った愛人みたいに見えるんだろうなーって思えて、全く心が弾まない」

と言っていましたっけ。

男性の中では、いくつになっても小保方現象的な感覚は発生するらしいのです。「自分よりぐっと若い女性を庇護し、頼られ、尊敬されたい」という欲求が、そこにはある。しかし初老の男と中年女というカップリングは、いかにも彩りに乏しいわけで、中年女性の側としては「長年のご愛顧に感謝して」という意味合いで食事にお付き合いしているケースが多いもの。

では、中年女性には「若い男性を寵愛したい」という欲求は発生しないのでしょうか。すなわち、逆小保方現象は無いのか。

……と考えてみますと、もちろんあるのです。ジャニーズや韓流の若い男性アイドルに夢中になっている中年女性がたくさんいますが、あの手の行為も、逆小

保方現象の一形態でしょう。

男女に限らず、人は二十歳くらい年下の人を、無条件で「可愛い」と思うようにできているのだと、私は思います。少し年下くらいの人の場合は、アラが目についたりライバル視したりということもありましょうが、二十も下になると、何をされても「愛い《う》奴じゃ」ということに。

それというのも二十歳というのは、親子でもおかしくないほどの年齢差だからなのでしょう。親子だと思えば、どんなことにも目をつぶることができる。

小保方現象について男女差があるとしたら、やはり年上男が年下女を寵愛するという方がより自然なイメージで、年上女が年下男を寵愛するとなると、「おばさんが色に狂ってる」的な見方をされがち、というところ。だからこそ中年女達は、現実でお付き合いが発生する心配の無いアイドルを愛でる方へと向かうのではないでしょうか。市井の若い男性が相手の場合は、少しでも女の部分が見えると「おばさんなのに気持ちわりー」と陰で言われたりしますが、アイドルならばいくらでもキャーキャー言うことができるのですから。

私も、若い男性と仕事などで一緒になる時は、気を遣います。すなわち、「若い男性に舞い上がっている（もしくはがっついている）中年女だと思われないようにしなくては」と。

先日も、二十代の男性と対談をする機会がありました。年上の男性であれば、今までお目にかかった方々は多々いらっしゃいますが、二十代男性とお話をする機会は滅多にありません。

彼と我との年の差は、十八。「頑張れば産めていた」という年頃の方です。息子も弟も、そして会社の部下も持たない中年女としては、「そんな若者にどのように接してよいものやら」と、途方に暮れました。

まず、気をつけなくてはいけないのは服装でしょう。自分を寵愛してくれるおじさま相手であれば、小保方系スカートでも大丈夫でしょうが、うんと年下の方となると、スカートは無いだろう。地味目なパンツで「がっつく気はありませんのでご心配なく」というところを表明しておかなくては、と。

また年上の方と対談をする時は、話の主導権もお相手に握っていただき、大船感を抱くことができましたが、やはり親子ほどの年の差でこちらが親となれば、少しはしっかりしなくてはならず……。と、年上の方との対談よりもずっと疲れたのでした。

中年女と年下男のカップルもたまに見られますが、周囲からは「羨ましい」など言われても、彼等の本心は「何だか痛々しい。いつまで続くことやら」だったりします。まだ中年男と年下女性の場合は、「経済力や権力で何とかする」という手もありますが、経済力や権力を持つ中年女が年下男性を側《そば》に置いても、しばらくすると年下男性はすーっとどこかに消えていくのが常（ただし内海桂子《うつみけいこ》師匠は除く）。

だからこそ我々は、年下男性のことをいくら可愛いと思っても、気をつけなくてはいけないのでしょう。自分では、「でも私って、中年としては例外的にイケてる方でしょう？　あの子と一緒にいても、カップルに見えると思うわ」と信じ込んでいても、端からしたら母と息子の食事風景にしか見えなかったりするのだから。

が、しかし。「そんなことはどうでもいいではないか」という気も、一方ではするのです。今は、女性がどんどん力を発揮している時代。教育の機会も平等ですし、仕事の場も広まっている。その上、若い女性が小保方現象の恩恵を思いきり享受&利用して世渡りをするとしたら、おじさんの庇護を受けられない若い男性は、あまりに不利ではないか。

昔は、若い女性が職場で小保方現象の恩恵を蒙《こうむ》っても、女性はそう出世できるものでもなかったし、また会社もすぐに辞めてしまいました。しかし今、女性は男性のライバルたり得る存在。そこに小保方現象が加わったら、若い男性は立つ瀬がありません。

だとしたら中年女性達は、多少「痛い」とか「欲求不満なんじゃないの?」と言われたとて、逆小保方現象、すなわち若い男性を寵愛することに躊躇すべきではないのかも。頼もしい中年女を味方につけ、多少のミスには目をつぶってもらったり、目立つ仕事につけてもらったりすれば、若い男性も女性と同じ土俵に立てるというものです。

となればこれからの中年女に必要となるのは、パトロン力なのでしょう。自分が小保方さんだった時代の記憶は過去のものとして封印し、「若い女に既得権益を奪われた」とキーキー言わないようにする。そして若い男性に対して「連れ回したい」「視線で舐《な》めまわしたい」という欲求も脇に置いて、まずはご飯をおごる。「相手はお相撲さん。こちらはタニマチ」と思えば、相手の食べっぷりも頼もしいし、将来彼が番付を上げていく、すなわち出世していく様も楽しみになろうというもの。そしておごった後は、

「ねぇ、もう一軒行こうよ」

などとすり寄らず、あっさり解散。それくらいが、頼もしくかつ爽やかな女パトロンのあり方なのではないか。

小倉千加子さんは、かつて「結婚とは、カネとカオの交換」とお書きになりました。男のカネと女のカオとの交換が、結婚……ということに私は膝を打ったのですが、婚姻関係から外に出た社会においては、「若さ」と「カネ」、そして「若さ」と「権力」が、せっせと交換されております。それは、職場における小保方現象のみではありません。中年男性は若い肌に触れるために風俗に行き、そして中年女性は若い男性を目で犯すためにアイドルのコンサートへ通うのです。

ああ、若さってそんなに貴重なものなのか。……と、今になって実感する私。若い頃、「若いから得をしている」ということにうっすら気づいてはいましたが、その「得」がそう遠くない将来に得られなくなってしまうとは、思っていなかったなぁ。

病気

四十代後半になってから、毎年、人間ドックに行くようになりました。友人と、「そろそろ我々も、ちゃんと検査しなくてはいけないのでは？」という話になり、毎年忘れないように、彼女の誕生月に一緒に行くようになったのです。

人間ドックによって、自分の身体を定点観測していると、わかること。それは、「身体の内部の着実な老化」です。

身体の外部の老化については、二十代の後半くらいから、少しずつ発見してはショックを受け、そして次第に納得するようになりました。初めてのシミ、初めての白髪、初めての歯周病……等々に、いちいちショックを受けては何らかの対策をとって克服しようとし、「克服できない」と悟るや、老化現象との同居に慣れていった私達。今や、「初めてのシミ」にショックを受けていた時代が懐かしく、「あの頃は若かった」と思います。

外側の老化に慣れてきたとはいえ、内側の老化に関してはそれほど心配していないのが、四十代になるかならないかの頃。しかし四十代も後半になると、「老化するのは外側だけではない」ということが、嫌でもわかるようになります。

まず気づくのは、「色々なところが痛くなってくる」という現象。私は今、小学校からの同級生数人で、月に一度ピラティスをしているのですが、全員が健康体で揃《そろ》うことは、滅多にありません。私を含め腰痛持ちは多いし、四十肩（五十肩？）を発症する人もいれば、股関節の違和感を訴える人も。のみならず、不眠症だの偏頭痛だののもらいだのと、常に誰かが体調不良。

「イタタタタ……」

などと老人っぽい声を漏らしながらでも一緒に運動できるのは、既に四十年以上も互いの来し方を知っている者同士だからということで、「友達って有難い」と思います。

そして人間ドックに行けば、結果を記す表に、赤文字の記載が年毎に増えていきます。中年にとっての人間ドックの結果というのは、中高生にとってのテスト結果のようなもの。赤点をとって「うわぁ」と思った時代を思い出す、赤文字です。

ちなみに私は、コレステロールだの腎臓だのの数値がイマイチ。

「こってりしたもの、塩辛いものの摂取は控えてくださいね」

とお医者さんから言われたわけですが、「その手の注意って、おっさんが受けるものだと思っていたのに……」と、内心ややショックでした。

さらに今回のドックでは、色々なところにポリープとか嚢胞《のうほう》とか、かたまりっぽいもの、袋っぽいものが発見されました。「特に治療は必要ありません」とは言われたものの、それはつまり「内臓の肌も荒れてきた」ということでしょう。おじいさんの手などに老人性のイボがあったりしますが、そういうものが身体の内部にできたということなのだと思う。

そのような人間ドックの結果を眺めていると、「遠くまで来たものよ……」と思わざるを得ません。若い頃は、健康診断を受けても、身長と体重くらいしか気にしていなかったもの。〝赤点〟など、あるはずもなかったのです。

それが今や、肉体の成績は年を追う毎に急降下。肉体という「モノ」も五十年近く使い続ければ不具合も出てこようとは思いますが、シミができた時と同様、「まさか私が」とも思う。

なぜ身体内部の老化がショックなのかといえば、今の時代は、身体外部の老化は、予防したり、そこそこ誤魔化したりすることができるからなのです。結果、昔の中年よりグッと若く見える上に、気分も若く。

しかし予防も誤魔化しも、身体の内部までにはなかなか及びません。レーザーで顔のシミやイボは除去しても、内臓には続々とイボが……。若々しい外見を手に入れて、若者気分でいる中年も、赤点だらけの人間ドック結果を見て、若者気分に冷や水を浴びせられ、時の経過を止めることは決してできないことを知るのです。

人間ドックの結果を受け取ると、私は「うんと年下の夫を持つ人って、こういう時に可哀想だわ」と思います。もしも私にうんと年下の夫がいたら、人間ドックの結果を夫にペラペラと話せないでしょう。年上女と結婚するような優しい男性ですから、ふんふんとは聞いてくれるでしょうが、

「私も昔は低血圧で、朝とか起きられないのがちょっと自慢だったのに、今やほとんど高血圧に」

とか、

「とうとう子宮筋腫ができちゃった」

といった話に、本当に同情もしくは同調してくれるとは思えない。年をとるほどに、健康ネタを語り合える同年代の配偶者が有難く思えるのではないでしょうか。

女友達にしても、同様です。私がなぜ、友人と一緒に人間ドックを受けているかといえば、ドック後の感想戦が楽しいから。ドックが終わると病院内のレストランで食事をとるのですが、松花堂弁当など食べつつ、肉体談義。

「マンモ、痛かったね」

「私、それほどでもなかった……。マンモが痛い人って、おっぱいにまだ張りがある状態だって聞いたことがあるけど、私のは既にダルダルってこと？」

などと言い合うことができるのは、同世代で同性の友人だからこそ。

中年期になってわかったのは、「身体の不調についての話をするのは楽しい」ということです。「カラオケと身体の話は、同世代に限る」というのは私の持論なのですが、同世代の人と「痛い」だの「痒《かゆ》い」だの話して、

「わかるわかる」

と言ってもらえると、とても嬉しいもの。同世代人は、共感のみならず、時には有用な治療情報ももたらしてくれるのです。

対して、バリウムすら飲んだことがない若者に、胃カメラのつらさを切々と訴えても、無駄なこと。

「大変なんですね」

とは言ってくれても、それは中年がカラオケで歌う堀ちえみのデビュー曲に、若者がおざなりな拍手をしてくれるようなものでしょう。

これが中年同士であれば、

「そうそう、麻酔みたいのを使うと楽だけど、やっぱり喉のところを通る時が苦しい……」

「鼻からの方が楽だって言うけれど？」

「でも、やっぱり口からの方がよく見えるらしいわよ」

などと、胃カメラトークで三十分はつぶせるというのに。

肉体談義は、中年同士の親交を深める時も、有用です。日々、衰えを感じている中年としては、つい「私はまだ衰えてなんかいません」という元気アピールをしたくなるもの。それは体調面に限らず、「まだこんなにモテる」とか「ファッションだって若者風のものでOK」といったことにしても、負けず嫌いな中年は意地を張りがちです。

しかし、そうやって「負けてません」と言い張る中年というのは、付き合いにくくもあるのです。

「えーっ、とてもその年には見えない！」

とか、

「まだ老眼じゃないなんてすごーい」

とか、常に褒めてあげなくてはならないから。

昨今は、中年女の「よく食べるアピール」も、目につきます。

「私、ステーキだったら三百グラムは軽くいけるわよ。もちろんその後はデザートだって」

と言われると、聞き手は、

「それなのに全然太らないなんて、すごーい」

「きっと長生きするわね」

「私なんて、すぐ胃もたれしちゃうから牛肉はもう食べられないわ。あなたは内臓が丈夫なのね」

と、言葉を尽くして賞賛しなくてはなりません。

しかし、その手の「元気アピール」過多の負けず嫌いな中年が、

「実は膝が痛くて……」

などとポロリと漏らすと、急に親近感が湧くもの。

「調子に乗ってランニングをしすぎたら、膝を痛めたみたいで。やっぱり中年は無理しちゃ駄目ね」

などと吐露してくれれば、さらに好感度はアップ。

「グルコサミンとかコンドロイチンより、もっと効くサプリがあるみたいよ。あと、すごくよく効く整体も知ってるわ」

などと、こちらの情報も開陳しようというもので、二人の距離はググッと縮まります。

それはすなわち、「腹を見せる」ということなのでしょう。犬が相手にお腹《なか》を見せるように、自分の弱い部分を開示することによって、「私はあなたの敵ではない」ということを知らせるという、それは中年ならではのコミュニケーション手段。

同病相憐《どうびょうあいあわ》れむと言いますが、人間はマイナス部分を共有できる人と仲良くなる傾向があります。中年同士で肉体の衰えについてブツブツ話す時間は、自助サークルに参加しているようなもの。話し終わると、妙にすっきりした気分になるではありませんか。

学生時代は美人で近寄りがたかったような友人が、

「実は痔《じ》でさー」

などと衝撃の告白をしてくれると、彼女のことが大好きになるし、

「もう、粘膜という粘膜が老化してる。シモは石鹸《せっけん》なんかで洗うべきじゃないわよ！」

と力説しているのは、若い頃に粘膜を存分に活用していた元モテ女。そんな話を聞いていると、「若い頃は、肉体資源における持てる者と持たざる者との格差は、埋めようがなかった。しかし中年になると、外見のみならずあらゆる部位が衰えて、皆が一歩ずつ、同じステージに下りてくるようになるのだなぁ」と思うのでした。

中年女達は、肉体の衰え話を共有することによって、ある恐怖を共に克服しようとしています。してその克服しようとしているものとは、「死の恐怖」なのだと思う。

中年になると、同世代の友人が重篤な病にかかるケースも出てきます。不幸にして他界してしまう人も、中にはいる。私達は、自分達にもそういった病となる

可能性があることを知り、そして自らの死を、考えるようになります。

若い頃、死とは「自分とは関係ないこと」でした。全ての人はいつか死ぬらしいとは知っていても、自分の順番はまだずっと先。おじいちゃんやおばあちゃんの死に接しても、イベント感覚で葬儀に列席していたものです。

しかし人生も後半の年頃になってきたなら、死は次第に近づいてきて、手を伸ばせば触れそうな気も。「私も死ぬのか」という実感が、急に湧いてくるではありませんか。

私達が人間ドックに行くのは、「死ぬ時期をなるべく先延ばしするため」です。悪い病気や悪い生活習慣を発見するために、口からカメラを突っ込んだり血を抜いたりと、つらい思いをするのです。

死への抵抗が、始まったばかりの中年期。私達は今、なかなか手強《てごわ》いその相手を前に、戸惑っています。だからこそ、同年代の者同士で手を携え、

「わかるわかる、つらいわよねぇ」

「いいお医者さん、知ってるわよ」

「セカンドオピニオン、聞いた？」

などと言い合うのでしょう。

健康ネタは、このように中年女にとって、最もホットな話題。それは友情を深めるツールでもあり、実際に役に立つ情報でもあるのですから。

しかしお年寄りは、

「年寄りと話してると、病気の話ばっかりで気分が滅入《めい》っちゃう。その点、若い人の話は楽しくていいわねぇ」

とか、

「年寄りの友達と会う時は、放っておくとあっちが痛いとかこっちが痛いっていう話ばっかりになるから、『病気の話をするのは禁止』ってことにしている」

などとおっしゃいます。健康ネタ、というか病気ネタというのは、いつまでも楽しいわけではないのか。

やはり健康ネタも、いずれは「飽きる」のでしょう。私達はまだ新鮮な気持ちで肉体各所の不調について語り合っていますが、女性の平均寿命まで生きるとしたら、あと四十年も同じネタを話し続けることになります。年をとる毎に具合の悪いところは増えていきますから、各人が潤沢な持ちネタを揃えることに。「いい加減、他の話は無いのか」とも思えてきましょう。

身体の不調は、他人に話すことによってわずかでも楽になる気はします。痛さ、

つらさを誰かに訴え、

「可哀想に」

「大変ね」

「つらいのね」

と言ってもらうことによって、心身ともに慰められるのは、若い頃に失恋話を友達に聞いてもらって、

「そんな男、別れた方がよかったのよ！」

「次行こう、次！」

「大丈夫、またすぐ見つかるって」

と言ってもらうことによって元気になっていったのと同じ。

であるならば、これから四十年、友人や家族に飽きずに病気ネタを聞いてもらうためには、話芸も必要になるように思います。すなわちそれは「自慢にしない」ことと、「可哀想ぶらない」こと。

病気話をしていても、なぜかそれが自慢につながる人がいます。

「○○大学病院の××先生が知り合いだったから、特別に早く手術していただけてね……」

とか、

「驚異的な回復力ですね、って褒められたわ」

などと。しかしいちいち「まあすごい」などと言ってあげるのも億劫《おっくう》なわけで、病気ネタは「褒められたい」という気持ちからでなく、「相手に腹を見せる」という感覚で話したい。


しかし、「腹を見せすぎ」もまた、ウザがられます。

「私はこんなにつらいのに、家族にはひどいことを言われて……」

などと切々と訴えるその瞳は、「私のことをもっと可哀想だと思って〜。そして私と一緒に家族の悪口を言って〜」と訴えているのであり、そーっとその場を立ち去りたくなります。


病気ネタの時は、ピッチャーとキャッチャーの役割をはっきりさせるべきでもありません。どちらかが聞くばかりでは疲れてくるので、互いに話を聞き合い、

「大変ねぇ」

と言い合うという、ギブ&テイクの関係性が必要でしょう。


整形外科の待合室では、待ち時間にしばしば、お年寄り達が病気トークを楽しんでおられます。

「ま、病院巡りを楽しんでいますよ！」

などと、待ち友（待合室友達）と明るく話すお年寄りは病気トークの極意を摑《つか》んでいるかのようであり、「私もこんな風になりたい」と思うのでした。

植物

三十代前半の頃から京都が好きになって、よく行くようになったのですが、その頃に思っていたのは、

「おばさんになっても、私は決して、おばさん同士で京都に行くようなことはすまい」

ということでした。

京都は、大人になるとその魅力が次第にわかってくる街です。ですから、中学生や高校生が修学旅行で京都に行くのは「無駄だ」とかねて思っている私。子供達には、ただ「皆と共に旅をした」という記憶さえ与えられればいいのであって、興味も無いのに金閣寺や清水寺に連れてゆかずともいいのに、と。修学旅行生達がいると、ただでさえ混んでいる名刹は大混乱。清水の舞台の過積載が不安になってくるほどです。

対して中年は、京都を旅するのにはまことに適したお年頃です。伝統だの文化だのに対する興味は、年をとる毎に増加してくるのが人の常。若者と違って経済力もあるので、買い物や飲食活動も楽しいものです。またお年寄りと違ってまだ体力もあるので、神社の急な石段や、体力を消耗するお寺の砂利道を歩くこともできる。京都適齢期と言っていいでしょう。

が、しかし。おばさんが数人で京都に行くとなると、いけません。中年女という生き物は、一人一人は無害であっても、集団になると一気に迷惑な存在になります。皆がおしゃべりなので声はどんどん大きくなるし、集団でいることによって、その集団の上部には、くすんだ中年オーラが雲状になって停滞する。

新幹線で、中年女性四人組が座席を向かい合わせにして座っていたりすると、「あーあ」と思う私。彼女達はよく通る声で延々と話し続けます。お弁当を食べたかと思うと、

「マカロン食べる？　昨日いただいたのよ」

「あ、ピエール・エルメ。嬉しい、ありがとう。私はカステラあるけど」

「福砂屋、大好きよ」

「でも太っちゃうわね」

……と、自分の席が彼女達の近くになってしまうと、おちおち眠ることもできない。

だからこそ私は、「自分は絶対、ああはなるまい」と思っていました。それはもちろん、京都だけにあてはまるのではありません。温泉でも海外でも、とにかく「中年女の集団旅行だけは、やめておこう。一緒に旅をするにしても、メンバーは最大で二人まで！」と、思っていた。

ところが先日、私はその禁を破ってしまったのです。「中年女の京都四人旅」という、最もしてはならないことをしてしまった。

それは、京都のとある中華料理屋さんに行ってみたい、という願望を私が抱いたことに端を発します。中華料理ですから、人数はある程度いた方がよい。しかし普通の人では、「なぜわざわざ京都に中華を？」ということになるわけで、中華料理好き、そしてこの「わざわざ感」を理解してくれるバブル気質を持っている人……となると、相手は限定されます。私は、長年通っている中華料理教室（そう、私は無類の中華料理好き）の仲良し達に、声をかけました。

彼女達は皆、同年代すなわち中年女。当然ながら、中華料理好き。

「行こう行こう！」

ということに、話はまとまります。内心、「中年同士のグループ旅行はすまいと誓ってはいたが……。でもこれは、旅行じゃないし。食べに行くだけだし」と言い訳をしつつ、計画を立てます。

これが全員主婦であったりすると、全行程を皆で一緒に行動をするのかもしれませんが、友人達は結婚していても働いている人ばかりなので、出張経験も豊富。新幹線のチケットは各自で取り、

「京都駅で集合ね」

ということに。

この点、経験豊富な働く中年女というのは、やりやすいのです。それぞれ依存心は薄く、できることは自分でするし、

「じゃ、とりあえず一人三千円ずつ出して、共同財布作りましょう。タクシー代なんかはここから出すということで」

などと、現地でもテキパキ。

京都駅で集合してランチを食べた後、我々は京都御苑《きょうとぎょえん》をぶらぶらと散歩しました。それはちょうど、新緑の季節。暑くもなく寒くもなく、とても気持ちが良いのです。

こんな散歩の時、とにかく日陰を歩こうとするのは、中年旅の特徴です。

「五月の紫外線を馬鹿にしちゃ駄目！」

と、各人がバッグから、日傘やらサングラスやらスカーフやらをゴソゴソと取り出し、装着。イスラム教徒の集団のようなムードになりますが、気にしない。のみならず、きっちりと木陰を選んで歩きます。

万全の紫外線防御態勢でお散歩している時に感じたのは、「こんな行為は、若者だったら楽しめまい」ということでした。御所の建物は事前に申し込みをしなくては見ることができませんので、我々はただ御苑の庭を歩いているだけ。特別に観光っぽい要素はありませんし、お土産を売っているわけでもないし、素敵なカフェも無い。若者だったら、「つまんなーい」と思うところでしょう。

しかし我々中年女は、

「見て、あのイチョウの枝ぶり。いいわねぇ」

と惚れ惚れと見上げたり、

「柳の新芽、ウブで可愛らしいわ」

と駆け寄ったりと、植物を愛でることができるようになっています。中には松の幹を撫《な》で回し、

「このベタッとした松ヤニ……。生命力を感じるわぁ！」

などと、松で興奮している人も。

若い頃は、中高年の人がなぜ草だの木だのを見て喜んでいるのか、さっぱりわかりませんでした。草も木も、「その辺にある、つまらないもの」でしかない。親が「高山植物を見に」とか「つつじがきれいだというから」といった理由で旅行する意味も、全くわからない。ピカピカ&ギラギラした人工物に、魅力を感じていたのだと思います。

しかし中年期に片足をつっこんだ頃になると、次第に緑を欲するようになってきました。当時住んでいたマンションの部屋の窓からはほとんど緑が見えなかったのですが、その景色がどうにも息苦しく感じられ、「将来は緑が見えるところに住みたい」と思うように。観葉植物なども、導入するようになりました。

これはおそらく、自分の中の生命力が、徐々に減ってきたせいなのでしょう。冬に枯れてしまっても春にはまた芽吹き、花も実もつける植物は、底知れぬ生命力を持っています。若い頃はパンパンに張っていた自分の中の〝生命力袋〟が次第にしぼんできたため、私はそんな草花のエネルギーを欲するようになったのではないか。さらに年をとったら、農業などにも手を出しかねません。

しかし同時期に私は、春という季節の強力さに、やられるようにもなってきました。若者時代は、「暖かくなって嬉しい」くらいの気持ちで捉えていた春ですが、中年にもなると、「春のエネルギー、濃厚すぎる」という感覚に。

冬の間、ピクリともしなかった草木がいっせいに芽吹く春のパワーというのは、尋常ではありません。草木は生々しい匂いと湿気と生気を放ち、日々生長していく。気圧の変化も激しくて毎日のように強風が吹き荒れるし、猫達はさかりがついて悩ましい声で鳴いている。……ということで、春の空気にはザワザワ感が満ちあふれています。寒いのはつらいけれど、冬の方がよほど安定しているのであり、生命力が弱りつつある中年には、時として強すぎるのが、春のパワー。

私も、木の芽時になると何となく身体の不調を感じることがあるのですが、それは季節の激変期である春の芽吹きパワーにあてられるからなのでしょう。新しい学年を春に始める日本人の感覚はよくわかるのですが、しかし中年の今となっては、何か新しいことを春に始めることになったら、刺激が強すぎて鼻血が出てしまうのではないか。

そんなわけで我々は、身体に障らない程度に緑の力を吸収しつつ、散歩をしていたわけですが、友人の一人が、

「せっかく京都に来たのだから、何かお花が見たいな」

と言いました。おお、「花」。これも「緑」とともに、中年が好むものです。美しい花が咲く季節を選んで神社仏閣を巡るといった趣味も、昔はその楽しさがよくわかりませんでしたが、今では理解できる。

若い頃も、桜が咲けば、花見には行っていました。しかしそれは、「皆で集まりたい」とか「デートしたい」という気持ちがまずありきで、花見はそのための一手段。桜の花に日本人の精神性を見るといったことにも、思いは及ばなかった。

しかし今、私達は京都にて、

「松尾大社《まつのおたいしゃ》は、山吹が有名みたいよ」

「どこかでさつきが咲いていないかしら」

などと、「京都・花のスケジュールマップ」みたいなものを見ながら、意見を言い合っているではありませんか。

若い頃は、大人の、特に女性達がやけに草花の名前に詳しいことが、不思議でした。

「この花、きれい」

などと言うとすぐに、

「小手毬《こでまり》ね。大手毬というのもあるのよ」

と教えてくれたのは、きまって中年以上の女性。彼女達は、年をとればとるほど花の名前に詳しくなっていく様子です。

中年以上の女性がどんどん花好きになっていくのも、やはり自らに「花」が無くなってくるからなのでしょう。若い頃は、自分自身が花そのもの、といった存在であったのに、中年ともなればすっかりその花弁はしおれたり散ってしまったり。中には、「私は今でも、花が咲きっぱなしよ!」と言い張る美しい中年もいますが、よく見てみればそこには造花感が漂うもの。

花の美しさなど目に入らなかった人も、しかし自分の中の花が散り始めると、不足分を補塡するかのように、ナマの花を愛でるのでした。自分が枯れて初めて、花という他者の美を認めることができるようになるのかもしれません。

花が必要になってきた我々が向かったのは、龍安寺《りょうあんじ》。石庭が有名なお寺ですが、池の睡蓮《すいれん》がちょうど咲いているというのです。

龍安寺は、混んでいました。昨今、増加している外国人観光客や修学旅行生達が石庭の前に鈴なりで、あちらからは大音量の広東語《カントンご》、こちらからは中学生のおしゃべり……ということで、落ち着いて石庭を眺めつつ人生に思いを馳《は》せることなど、とても無理。

「十代は京都に来るのは禁止ってことにすればいいのに」

「いや、二十代も禁止でいいと思う」

などと、我々はイラつきながら話していたのです。

押すな押すなの石庭と違って、池の睡蓮は静かに楽しむことができました。広い池にたくさんの睡蓮が咲く様子というのは、まさに極楽浄土のよう。

「あの世に行ったら、こんな感じなのかしらねぇ」

「私達四人のうち、誰が一番最初に死んでしまうのかしら」

「私、最後の一人になるのは嫌だな。寂しいもの」

などと終末トークとなるのも、そろそろ「死」も視野に入ってくるお年頃だからなのでしょう。

中年期というのは、色々な面で個人差が大きいお年頃ではあります。共に旅をしていても、たくさん食べられる人もいれば小食の人もいるし、少し歩くと疲れてしまう人もいれば、どこまで歩いても平気という人もいる。

しかし「我々は既に、人生の真夏にいるわけではない」という認識を共通して持っているのが、共に旅をするにあたっては気楽なところです。旅の相手が若者

だったとしたら、睡蓮を見て終末トークをすることは無いでしょうし、

「花が見たい」

などと言っても、

「えー、つまんないですよ。お洒落なカフェができたみたいですから、そこに行きましょうよ」

ということになりましょう。

結果的に言うならば、私は中年の団体京都旅行を、案外楽しんだのです。「あぁ、端から見たら、典型的な仲良しおばさん達のグループ旅行なのだろうなぁ」とは思ったけれど、「いやまぁ確かに、どこから見てもおばさんですし」と開き直れば、誰からどう見られようともう平気。

基本的には食べることが好き、という部分では共通している私達は、主目的である中華料理の他にも、和食、洋食、甘味……と、一泊二日の間に様々な味覚を堪能《たんのう》しました。二日目には、ちりめん山椒《ざんしょう》、豆腐に油揚げに九条葱《くじようねぎ》、パンにお茶にお菓子……と、食べ物ばかり買い込んで、まるで買い出しのよう。

「このお菓子、たくさん入っているから、一つ買って皆で分けない？」

といった、いかにもおばさんっぽい行動も、いつの間にか躊躇なくしています。

しかしこの、「気取らなくていい」というのが、中年同士の旅の最も楽しい部分なのでしょう。若い頃のように、旅をしている時に、旅先の人から「おっ、学生さん？　どこから来たの？」などと特別扱いされて良い思いをするようなことは、もう無い。けれど中年同士は、他人の目など意識せずに、気楽に我が道を歩くことができる……。

以前、晩秋に京都に来た時、紅葉《もみじ》の穴場スポットに行ってみたのです。足元には赤や黄の葉っぱが積もり、さらに風が吹けば、葉っぱが舞い落ちてくるという、〝秋色のあの世〟のような豪奢《ごうしゃ》で美しい光景だった。

そこにいたおばさんグループの方々は、実に無邪気な少女のような笑顔で、風に舞う紅葉を追いかけていました。それはまるで極楽でダンスをしているかのような姿。

その光景を見ていた時、私は思わず、涙ぐみそうになったのでした。彼女達はおそらく、普通の主婦。そうしょっちゅう旅行に出られるわけではあるまい。きっと友達同士で京都に行くことを何ヶ月も前からとても楽しみにしていて、旅行中の家族の食事もしっかり作って、やっと出てきた旅行なのであろう。その旅先で、彼女達がこんなに美しい光景に出会うことができて、本当に良かった。どうかここで、思いきり命の洗濯をしてほしい……、と。

中年のグループ旅行など唾棄すべきもの、と思っていましたが、それは中年になったことが無い者の傲慢な視線だったのでしょう。中年同士で美しいものを見て美味《おい》しいものを食べるというのは、ずっと忙しくしてきた中年を慰撫してくれる行為。

「また、皆で来てしまうかも……」

と思った、私なのです。

回帰と回顧

若い頃、中年の生態は謎だらけでした。なぜ中年は、歌舞伎などという、台詞《せりふ》の意味すらわからない劇が好きなのだろう。なぜ人は中年になると、源氏物語やら枕草子《まくらのそうし》やらといった古典文学を読むようになるのだろう。そしてなぜ中年は、懐メロが好きなのだろう……と。

若者だった私は、歌舞伎やら古典文学や懐メロといった中年文化には、ピクリとも食指が動きませんでした。あんな辛気臭いもののどこが面白いのやら。きっと私は中年になっても、あの手のものには走らずに、もっと洒落た音楽やら芸術やらに接しているに違いないわ、と。

それから、幾星霜。中年になった我が身を見てみますと、若かった頃に「興味を持つわけがない」と思っていたものを、軒並み好きになっています。歌舞伎も平安女流文学も、三十代に入った頃にふとしたきっかけで手を染め、年をとるにつれてその面白さが理解できるように。そしてカラオケにおいて歌うのは、自分が若い頃にヒットしていた懐メロばかりに……。

ふと気がつけば私は、若い頃に「自分はああはならない」と思っていた中年像そのものに、なっているではありませんか。そして「人が老けるのは、外見だけではない。〝興味〟の対象もまた老けるのだ」ということに気がついたのです。

私の青春時代は、誰もが「洋風なものこそがイケてる」と思っておりました。「ベストヒットUSA」のような番組が人気だった洋楽ブームで、遊びといえばディスコ。洋服はインポートものがお洒落だし、食べ物だったらイタリアンとかフレンチ。本も翻訳ものとか読んでると格好いいよね……、と。

そんな西洋かぶれだったというのに、次第に年を重ねるとあら不思議、「和」の方面に興味が自然と向いていくではありませんか。周囲を見ても、外国人ミュージシャンのライブで思いきり肌を露出した格好で「イェーイ!」と拳を突き上げていたような人が、

「今、三味線を習っているの」

などと言い出したり。アライアの細身のワンピースを着こなしていた人が、

「最近は和服に凝っちゃって」

と、紬《つむぎ》に何十万もかけるようになっていたり。そして、

「イタリアンもフレンチも美味しいけど、やっぱりお寿司よね」

と、行きつけの寿司屋を持つようになっていたり。

私も例外ではありません。前述の通り、三十を過ぎた辺りから歌舞伎やら平安女流文学やらに興味が芽生える。旅といえば二十代は海外ばかりで、それも特にハワイとか香港《ホンコン》といったベタな場所に繰り返し行っていたのが、三十を過ぎたら京都という場所がやけに好きになって、せっせと通うようにもなりました。キティちゃんやディズニーキャラクターでなく、鳥獣戯画のウサギやカエルのグッズに手を出し始めた時、「ああ私、中年になろうとしている」と思ったものでしたっけ。

なぜ女性達は、中年期に和風趣味へと走りがちなのかと考えてみますと、そこには様々な理由があるのでしょう。西洋の音楽を聴き、西洋の服を着ることを、若い頃は「ひゃっほう」と楽しむことができても、ふと日本人として「自分はこれを本当に理解しているのか」と、限界を感じる瞬間がある。一方和風の世界は、年齢で差別することなく、誰でも迎え入れてくれます。

中には、中年期に突然バレエやゴスペルといった洋風趣味を始める人もいるよ

うです。その手の人達は、若い頃に親が厳しかったりしたせいで、ディスコだ「ベストヒットＵＳＡ」だと、軽々しく洋風文化に浸ってこなかったケースが多いような気がする。

対して中年期に和風に走る人は、もう「お腹がいっぱい」なのです。洋楽も聴いたしフレンチもいっぱい食べたしインポートものも着倒して、もう胃もたれしそう。……という時に和風趣味は、あっさりした和食のように優しく日本人を迎えてくれます。人生の盛りを過ぎて疲れ気味のお年頃としては、茶道や華道や書道といった〝道〟系のお稽古などで、心身を落ち着かせたい気分になるのではないでしょうか。

何がしかの精神性を発見したくなる、という理由もありましょう。若い頃に好きだった西洋文化は、ただ「格好いい」という感覚で享受していました。しかしよく考えてみれば英語もフランス語もよくわからないし、人間の根本にある感覚も教養も、洋の東西では著しく異なります。西洋文化の上っ面だけを舐めているくらいなら、自国の文化をもっとよく知って、日本人としての自覚を深めた方がよいのではないか。……と、自己を見つめ直す頃合いである中年期に、人は思うようになる。

このように中年期というのは、「回帰のお年頃」なのです。西洋に憧れたこともあったけれど、日本に還《かえ》っていく。ふと同窓会に出席してみる気になって、昔の仲間との交流が再開する。都会に出ていた人が、自分の故郷の魅力を再発見し、町おこし事業に熱心に取り組む……等々。

「懐メロへの郷愁」もまた、中年期に活発になる回帰そして回顧運動の一つです。カラオケにおいて、「若者に馬鹿にされまい」と、その時に流行《はや》っている歌を歌う自分に無理を感じる瞬間が、誰しもあろうというもの。そんな時に思い切って懐メロを選んでみれば、何とのびのび歌うことができることか。

我々は洋楽世代であると同時に、アイドル世代でもあります。青春時代は、聖子ちゃんや明菜ちゃんやキョンキョン等が活躍していた、アイドル黄金期。その頃のアイドルの歌は、身体に沁みついていると言っていいでしょう。

そんな私は、何年かに一回、松田聖子さんのコンサートに行くことにしています。理由は簡単、「とっても楽しい」から。コアなファンは、「聖子ちゃんは、年齢に関係なく、いつも自分が生きたいように生きている。そこが好き」と、彼女の生き方を礼讃《らいさん》の対象にしているようですが、私の場合はそこまでの信仰心は持っておらず、懐かしのヒット曲をたくさん聴くために、行く。

ベテランの歌手の中には、「過去にとらわれたくない」とコンサートにおいて過去のヒット曲は封印し、最近の曲ばかり歌う人もいます。しかし昔のファンというのは、その歌手本人が好きというよりも、その歌手のヒット曲を聴いていた自分の若い時代を反芻したいからコンサートへ行くのであり、「知らない曲を歌われてもな……」とテンションが全く上がらないものですが、聖子ちゃんは違います。出し惜しみせず、最もヒートアップするコンサートの終盤に、かつてのヒット曲をバンバン歌ってくれるので、その盛り上がることといったら。

先日も、久しぶりに武道館での聖子ちゃんのコンサートに行ってきました。お客さんの八割方は女性、それも中年女性です。私も、中学時代からの友達であると同時に、中年友達でもある〝チュウトモ〟と一緒に出かけたのですが、これほど大量の中年女を見る機会は、そうあるものではありません。しかし聖子ちゃん、アイドル時代は「ぶりっ子」とか「トシちゃんと仲良くしてるなんて許せない、殺す！」などと女の子達に嫌われていたというのに、大人になったら圧倒的に同性の支持を集めるとは、こはいかに。本当に皆さん、「聖子ちゃんの生き方が好きなんです」というやつなのか。

中年女の波に揉《も》まれつつ私達は、

「やっぱり中年って、集まれば集まるほど、空気がくすむ感じがする」

「でもさ、ここにいる人のほとんどが、『私だけは、ここにいる凡百の中年女とは違うのだ』って思っているんじゃない?」

「実は私も今、そういう風に思いたいっていう誘惑と必死に戦っているところ……」

などと小声で語り合いながら、座席につきました。

一階座席からアリーナ席を見ると、事態はさらにすごいことになっています。アリーナ席はおそらく、ファンクラブの熱心なメンバーが占めていると思うのですが、聖子ちゃんのようなフリフリの衣装を着ている中年女がそこここに。中には、二人でお揃いの衣装を着ている中年ユニットもいます。

私が若かったら、否、三十代であっても、そういった中年女を見て「何あの人」と、鼻で嗤《わら》ったのだと思います。しかし今の私は、多少ギョッとはするものの、彼女達を嗤う気持ちにはなれません。武道館という限られた空間で、一時の夢を見たい、あの頃に戻りたい……という彼女達の気持ちが、よくわかるから。

そして聖子ちゃんのコンサートは、始まりました。最初の方は新しいアルバムから知らない曲が歌われたものの、体型も崩れず、声もあまり劣化していない聖子ちゃんの歌は、聴いていても心地よい。外見の衰えは少なくても内面は大人そのものなのであり、客あしらいが大変上手で、敬語の使い方もしっかりしているところは、さすがキャリア三十五年のベテランです。

後半、いよいよお楽しみの「昔のヒット曲コーナー」が始まり、会場は一気にヒートアップ。全て知っている曲なので、会場の皆が聖子ちゃんと一緒に歌う！もちろん私も歌う！

「みんなも大きな声で一緒に歌ってねー！」

と優しくリードしてくれる聖子ちゃんを見ていると、「将来、老人ホームで職員さんに促されて皆でお歌を歌うのって、こんな感じなのかも」と思います。

私が特に興奮するのは、「夏の扉」のイントロ部分。財津和夫作曲のこの歌のイントロは、私のティーン時代を一気に蘇《よみがえ》らせるのであって、脳からドーパミンがドクドクと分泌される感じがします。「中年達が懐メロを聴く理由って、ここにあるんだわ〜」と、実感することしきり。

ティーンの時代よりは少し物を考えるようになった今、歌詞の意味も沁みてくるようになりました。「夏の扉」とは、ただ季節としての夏の入り口という意味ではなく、「人生の夏」の扉、という意味も兼ねていたのではないか。あの時、聖子ちゃんもその歌を聴く人達も、人生の夏の入り口にいたのだな……、などと。

「チェリーブラッサム」も、今回は私の心にグッと響きました。

「♪なにもかもめざめてく新しい私」

という歌い出しのこの曲は、好きな彼に向かってまっすぐに進んでいく女の子のことを歌っているのですが、中年の私に迫ってきたのは「新しい私」という言葉。五十代の聖子ちゃんがアップテンポなこの曲を元気に歌っているのを聴いて、

「こんな大人になった私だが……、これからも『新しい私』になる可能性はまだ、残されているのではあるまいか」という気持ちになって、思わず目頭が熱くなったではありませんか。

若い頃は、ただノリとメロディーで聴き流していたヒット曲だけれど、年をとると受け取り方も変化してくるものなのです。もうノリだけでは聴いていられなくなるほどの人生を、私たちは背負ってしまったということなのでしょう。

聖子ちゃんのコンサートのみならず、二〇一四年はユーミンのコンサートへも行ってきました。ユーミンは聖子ちゃんより一世代上で、この年に六十歳になったとのこと。聖子ちゃんに対しては、「自分達とだいたい同世代」という感覚なのですが、ユーミンについては「憧れの女性」という感覚で、今までずっと見つ

めていました。そんな憧れの人が、六十歳になってもお洒落に歌い続ける姿は、会社員にたとえるなら、「ずっと仕事を続けて社長にまで上り詰めた素敵な先輩」のよう。

会場の東京国際フォーラムは、やはり中年女だらけです。聖子ちゃんのコンサートのように目立つ格好をしている人はおらず、落ち着いた雰囲気の方ばかり。コンサートは、昔の曲と今の曲を織り交ぜながら、進んでいきました。

アンコール最後の曲は、「ひこうき雲」。ジブリの映画にも使われて話題になったこの曲にジーンとしながら、「良いコンサートであった……」としみじみ。皆、満足そうな顔で席を立ちます。

と、その時。ユーミンが、キーボード奏者の方と一緒に、再びステージに登場したのです。出口に向かおうとした人も足を止め、再び静まる会場。

そこに流れてきたのは、「卒業写真」のイントロでした。嬉しさと感動で、軽い悲鳴のような声があちこちで上がります。

「♪悲しいことがあると……」

と歌い始めるユーミンの声を聞いた瞬間、私の涙腺の元栓は、一気に全開になりました。そして誰に言われたわけでもないのに、会場にいた全ての中年女達が、ユーミンと一緒に歌い始めたのです。

もちろん私も、歌います。歌いながらも、両の目からは滂沱《ぼうだ》の涙。周囲の人も皆、ユーミンを食い入るように見つめながら、そして歌いながら、泣いています。それはもうほとんど、宗教行事のような光景。

その時、会場はまさに一体になっていたわけですが、実はその瞬間は、それぞれの中年達が皆、それぞれの過去へと戻っていた時間だったのでしょう。高校の卒業から三十年が経ち、様々なことを経験してきた中年達が、「あの頃の自分」をうっとりと思い出して、甘美な涙にくれていたのです。

ユーミンも聖子ちゃんと同様、自身の歌が中年達に〝回顧の快感〟をもたらすことを、熟知しています。中年を泣かせるのに、刃物はいりません。

中年にとって、このように日本文化であれ自分の過去であれ故郷であれ、「戻ること」は、生きる力になるのでした。我々は、高度経済成長期に子供時代を過ごし、青春期がバブルの時代という、イケイケの前半生を過ごしてきました。「ネクラ」はダサくて、いつも笑顔でポジティブシンキング、いつまでも若く美しく……という生き方が推奨されてきたのです。

しかし、どれほどポジティブでアクティブであろうと、年をとれば衰えもするし、疲れてもくる。そんな時に必要なのが、「回帰」と「回顧」なのではないでしょうか。

日々の生活では、「いくつになっても、好奇心でいっぱいの私」のフリをしていても、たまには新しいものでなく古いものを、外向きではなく内向きを、そして未来ではなく過去を、選ぶ。それは疲れ気味の中年にとって、オアシスのような時間なのです。

フェイスブックのようなSNSもまた、中年達の回顧欲求を満たすのに一役買っています。昔の仲間とつながるのが楽しくて、中毒のようになっている人もいるもの。

しかし過去というのは、たまに振り返るのが楽しいのであって、旧交を温めすぎて過去が現在と一致してしまうと、それはそれでつまらないのでした。「ふるさとは遠きにありて思ふもの　そして悲しくうたふもの」という詩がありますが、遠くから「悲しくうたふ」くらいにとどめておくことによって、甘美な思い出は甘美なままにとどめておくことができるのでしょう。

振り返ったり戻ったりという行為はとても楽しいのですが、しかしいくら戻ろうとしても、人生が進んでいくことを止めることはできません。どんどん進んでいく人生から一瞬、逃避できるような気になる一粒の飴玉のようなもの、それが回帰であり回顧なのだと思います。

ファッション

久しぶりに会う友人と食事をすることになった私。待ち合わせ場所に現れた彼女を見て、一瞬、「うっ」と言葉に詰まりました。それというのも彼女は、くるぶしくらいまで丈がある、長いスカートをはいていたから。

ロングスカートが悪いわけではありません。が、ロングスカートを着用する時は、全体のシルエットのメリハリが必要。下半身にボリュームがある分、上半身や髪型はきゅっとまとめるなどの工夫があるとお洒落に見えるものですが、その時の彼女は、髪型も上半身もやや膨張気味だったのであり、私は「こ、この姿はまさにおばちゃんだ……。若い頃、こういうおばちゃんって、会社にいた。それを見て私は『終わってるー』と思っていた……」と、言葉に詰まったのです。

もちろん我々、年齢的には完全におばちゃんですので、おばちゃんルックで悪いということはない。しかし美人の彼女は、若い頃は並以上にお洒落でモテてもいました。ところがここ二、三年会わないうちに、どうやら彼女は、おばちゃんとして生きることを覚悟したらしいのです。

そして私は「ああ、彼女は幸せなのだな」と思いました。結婚して子供を持つ幸せな専業主婦の彼女、もう「若く見せたい」とか「おばちゃんになりたくない」などという煩悩とは戦わなくていい立場なのでしょう。

とはいえ、です。彼女のロングスカートは、私にかなりの衝撃を与えました。彼女は、

「ロングスカート、ラクでいいわよぅ。冬はあったかいしね」

などと、私にロングスカートをすすめる勢いなのであり、とてもではないけれど、そのスカートのおばちゃん性を指摘できるムードではない。

微妙なお年頃にいる友人知人に対してその手のことを指摘するのは、本当に難しいものです。豪放磊落なキャラクターの人であれば、冗談めかして、

「なーにそんなぞろっとしたスカートはいちゃってるの。せっかくの美人が老けて見えるわよぅ」

などと言えると思うのですが、こちとら直截的《ちょくせつてき》かつ端的な表現しかできない性分で、今までも数々の舌禍事件を起こしてきた身。

「そのスカート、やめた方がいい。おばさん臭すぎる」

などと相手をグッサリ傷つけてしまいそうで、口をつぐむのです。

とりあえず自分のことは棚に上げておきますが、友人がおばちゃんに見える時というのは、すなわち「ラク」の方向に逃げた時です。「お洒落は我慢だ」という話もありますが、人は年をとると、肉体的な我慢がどうしたって利かなくなるもの。「お洒落」と「ラク」を天秤《てんびん》にかけて「ラク」の方に目盛りがぐっと傾いた時に、私達はある一線を越えるのです。

ここで自分のことに話を戻しますと、私も若い頃は、たいそう我慢の利く身体を持っておりました。高校時代は、チェックのスカートを腰のところで折りまくり、パンツが見えそうなほどに短くしてはいていたもの。母親から、

「そんな短くして、寒々しいわねぇ」

などと言われても、「は?」という感じでした。寒くないことはなかったのですが、「私は女子高生なのよ!」と世間様にアピールするためには、寒さなどいくらでも我慢ができたのです。

しかし今は、女子高生が短いスカートをはいているその姿を見るだけで、もう寒い。「寒々しい」とはこういう意味だったのか、と思います。

モテる女は寒がりではないそうで、確かにテレビに映っている女子アナや、港区のお洒落なレストランで合コンみたいなことをしている女性は、真冬なのにノースリーブ姿だったりするものです。鳥肌もたっていないので無理しているわけでもなさそうだし、腰回りもすっきりしているので、秘かに腰とか腹にホカロンを貼っているわけでもなさそう。

それにひきかえ我が身はといえば、高校時代にスカートを短くしすぎた報いなのか、今では炭坑のカナリア並みの敏感さで寒気をキャッチ。もう決して寒さを我慢することができません。ホカロンはバッグの中に常備していますし、靴下からババシャツまで、温かいと聞いたものにはすぐ飛びつく。旅先でどうしても寒い時は、新聞紙を身体にまきつけることも厭わない。

寒いのは、冬だけではありません。中年の大敵、それは夏のエアコンなのであり、レストランなどに入った瞬間に、

「すみません、冷房を弱くしてもらえませんかッ」

と有無を言わせぬ調子でねじ込むのでした。

「しめつけ」というものに対しても、我慢が利かなくなりました。若い頃は、なるべく身体を細く見せたいと、ウエストをきゅっと締めるようなスカート、細身

のパンツ（ズボンの意）など、好んではいていたものです。が、そのような身体を締め付けるようなものは、今や決して着たくない。
人間、ウエストにゴムが入ったものを着るようになったらおしまいだ、という話もありますが、私はもはやゴム入りのものすら嫌いです。なぜならば、ゴムというのは伸びもするけれど縮みもするので、その縮み力が腹に食い込むのが嫌なのです。

そんな私はどのようなボトムスを好んでいるかというと、「ストレッチがきいた生地でできていて、自分のサイズより大きなもの」なのでした。試着した時にウエストがガバガバだと「ふむ、これならお座敷で満腹になっても大丈夫」と安心。リミットを超えても、ストレッチ素材というのは時にゴムよりも優しく腹を包んでくれます。

靴下のゴムというのも、これまた我慢がなりません。脱いだらくっきりとゴムの跡がつき、それがなかなか消えない。そんな中年の気持ちを汲《く》んだ、ゴムが入っていないのに下に落ちてこないという靴下を、今は愛用しているのでした。

締め付け嫌いの私ですので、下着のパンツもまた、「これ」というものになかなか出会えません。私は綿のものが好きなのに、世の中の女性下着というのはどんどん化学繊維化しています。たいそう好きだった綿の下着が、同じデザインで化繊化してしまった時は、本当にショックだったものです。

　綿のパンツを求めてネット上を彷徨《ほうこう》している時、ついにその宝庫ともいえるサイトを発見したのですが、数ある綿のパンツを眺めていると、その形状によって「ズロース」と「ショーツ」に、呼び名が分かれていたのでした。「ズ、ズロースっていったら明治生まれだったおばあちゃんが口にしていた言葉ではないの。今でもあるんだ、ズロースって！」と思ったわけですが、「ズロース」というのは、だぼっとしていて大きい。「ショーツ」は、ズロースと比べればやや現代風とはいえ、ヘソの下くらいまでおおうたっぷりとした形状。いずれにしても、綿のパンツをはきたいなどと思う者はもうそれだけでシニア世代以上なのだ、ということがよくわかります。

　汗をかいてもなかなか乾かない、綿。そんな綿のパンツのどこが好きなのかといえば、「次第に劣化する」ところなのです。洗濯するうちにヨレッとしてきて、こちらのヨレッとした肌と呼応しあって優しくフィット。次第にのび気味になってくるその風合いも、いつまでも「元気《げんき》溌剌《はつらつ》ですけど？」という顔つきの化繊と違って、シンパシーを覚えます。

「綿のパンツ」は、いうまでもなく非モテアイテムです。熟女モノＡＶ、それもかなり特殊なセンスの作品にしか、綿のパンツを着用した女は登場しないことでしょう。女物の綿のパンツが干してあるご家庭は、明らかにセックスレスだと思う。

しかし、綿のパンツがもたらすラクさや快適さと比較してしまったら、モテだのセックスだのはどうでもよいと思えてしまうのが、中年の中年たる所以《ゆえん》。この点においても、もう我慢は利きません。

そして服飾品の中でも最も我慢が利かなくなってきたアイテム、それが靴です。幅が狭く、ヒールが高い靴がお洒落であることは、よーく理解できる。同じ服装をしていても、ヒールの高い靴を履くのとドタ靴を履くのとでは、全く違う印象になるのですから。

が、しかし、でも。駅まで行って電車に乗って目的地で降りてさらに歩いて……といった一日の行程を思い浮かべると、「とてもじゃないけど、ヒールの高い靴なんて無理だわ」と、中年になってからはしみじみ思うようになりました。

私は今、確実に誰かが車で送迎してくれることがわかっている時にしか、お洒落なハイヒールを履きません。車での移動がほとんどの地方の人と比べると、東京人というのはとにかくちょこまかと歩かなくてはなりません。足元不如意ですと、やる気もグッとダウン。

さらに東京は、常に首都直下型地震の危険に晒されていると言われます。地震発生時、家から遠い都心において、高いピンヒールなど履いていた日には、「どうにかして生き延びなくては」という気も失《う》せるのではないか。

周囲を見ていると、私がこんなていたらくなのに対して、「我慢ができる中年」もいるようなのです。アナ・ウィンターでもないのに、秋冬でも薄着で、足元はハイヒール。大ぶりでデコラティブなネックレスが胸に光っているのを見ると、「ねえねえ、足が痛くならないの？　肩はこらないの？」

とつい聞きたくなってしまうのは、まさに老婆心というものでしょう。

しかし「我慢ができる中年」も、根性はあるかもしれないけれど、中年は中年。ヒールの高さが災いして、道路が斜めになっているところで足首をひねって捻挫、松葉杖《まつばづえ》生活に。……といった姿を見れば、「やはり無理は禁物なのだ」と思われます。

このように無理のできないお年頃になってみて、切実に必要性を感じるのは、「つらくない、けれどお洒落に見える」というアイテムです。二十〜三十年くらい前まで、服飾品というのは、若者向けアイテムとおばちゃん向けアイテムの間に、深い溝がありました。「女性は、結婚して子供を産んだなら、可処分所得も減ってしまうし、そうそうお洒落にうつつをぬかすこともないであろう」といった感覚のもとに、服は作られていたのです。

しかし、それから時代は変化しました。若くはないけれど結婚せずに外で働き続ける人や、結婚して子供を持つ主婦だけれどお洒落をし続ける人等、中年になってもダサい服は着たくないという人がどんどん増えてきたのです。

さらに、その手の女性達はバブル世代でもあったので、購買力を持っている。「服を買う気は満々なのに、買いたいもの、買えるものがない！」という不満を持つように。

そんな中年の登場につれて、服飾業界も変化してきました。小金と、ちょっとしたお洒落心を持ち続ける中年に向けての洋服のブランドが、ずいぶん増えたもの。

特に最近になって開発が進んだのは、中年向けのカジュアルウェアです。昔は、中年向けの服というと、子供の卒業式や親戚の結婚式といった冠婚葬祭に着るような、「よそゆき」メインだったものです。中年女がまともな服を着るのはその手の機会くらいだろう、という服飾業界の認識だったのでしょう。デパートにおけるおばちゃんコーナーは、ギラギラとした輝きを放っていました。

対して今、中年女は色々なシチュエーションにおいて外出しなくてはなりません。仕事はもちろんのこと、韓流アイドルのコンサートにも行くし、旅もするし、ママ友とランチもするし、飲みにも行く。近所を歩く時も、そうダサい格好はできません。そんな「中年の日常」に対応する、ほどほどお洒落なブランドが次々と登場し、デパートの一角にはその手のコーナーがあるのです。

中年向けのブランドの服は、なるほど色々と考えられています。ウエスト周りはらくちんな構造で、しかしカバーしすぎてかえってデブに見えることのないようになっている。色は合わせやすいものが中心で、デザインもシンプルなので、着回しがきく。肌が敏感になっている中年のために、素材は安くないものを使用。もっとカジュアルなシーンにおいては、ユニクロなどのファストファッションも用意されていますので、中年女のファッション環境は、昔と比べるとかなり向上したと言っていいでしょう。

周囲の視線も、寛容になってきました。その昔は、おばちゃんがちょっと派手な格好をしたり露出度が高かったりすると、「いい年をして」と思われたものですが、今の中年はどんどん自由になっております。たっぷりとした二の腕をノースリーブから露出しても、それをマダムの貫禄として見せる技術も身につけるようになったのです。

そんな中で、最も中年向けの対応が遅れているのが、靴の世界です。服の世界においては、ラクさとお洒落さのバランスがとれた服が次第に登場しているのに対して、靴の世界ではまだ、ラクな靴はラクなだけ、お洒落な靴はお洒落なだけ。互いの歩み寄りが少ないのです。

私もここ十年ほど、延々と「お洒落、かつ歩きやすい」靴を探し求めてはいるのですが、理想的な靴はなかなか見つかりません。誰かが「あそこの靴は、デザインも良いけど歩きやすい」と言うのを聞けば行って試してみるのですが、やっぱりデザインがそこはかとなくもっさりしていたり、はたまたその人が極端に幅の細い足をしているからこその履き心地だったりするのです。靴好きの友人に聞いても、

「そんなものはこの世に存在しない。お洒落を選ぶかラクさを選ぶか、靴の世界は二者択一」

と、一刀両断されました。

靴の世界では、「歩きやすさ」のみならず、これからは「着脱がラク」という機能も、求められます。整形外科の待合室などでおばあちゃん達の足元を眺めれば、実用重視で色も形もガンモドキのような存在感の靴がずらりと並ぶ。おばあちゃんになったら、ちょっとしたデザイン的希望すら靴に対して抱いてはいけないことがわかります。

さすがに友人達を見ても、整形外科にいるおばあちゃんのようなガンモドキ靴を履いている人は、まだ見かけません。が、いつかその日は必ずやってくるのです。すなわち友人がガンモドキ靴を履いて登場し、

「この靴、ラクでいいわよぅ。冬はあったかいしね」

と言う日が。

とはいえそんな日がきたら、こちらももう「ラクさ」を通り越して安全性とか「自分一人で履けるかどうか」といった問題を第一に考えなくてはならないお年頃。「ラク」と「お洒落」を天秤にかけていた時代のことが、

「あの頃は若かった。選択の余地があったもの」

と、懐かしく思えるのでしょう。

感情の摩耗

中年。それは、お稽古事の季節です。

専業主婦達は、そろそろ子育ても一段落して、「何か習ってみようかしら」ということに。そして独身者の場合は、「子供も産んでいないのだから、せめて何かを学んで自分を高めなくては」と、やはりお稽古事に励む。

私もお稽古事、しています。中華料理はもう十数年習っているのですが、友達と一緒にそのお教室に入ったばかりの頃は、先生からもベテラン生徒さん達からも「お若い方々」などと言われていたものでしたっけ。

その頃の我々は、まだお稽古事にびびっていました。お教室を仕切っている六十代のベテラン生徒さん達はどことなく怖くて、新参者の「お若い方々」である私達は、ベテランの言いつけにキッチリ従っていたものです。

しかし、それから十数年。気がつけば我々が、「ベテラン生徒」になっておりました。あの頃のベテラン生徒さん達は、他のクラスに移ったり、既に引退されたりして、もはや同じクラスに先輩はいない。お教室において我が物顔に振る舞う我々を見て、後から入った生徒さんは「怖い」と思っているに違いありません。

そんな時「ああ、厚顔になったものよ」と思う私。長年生きることにより、様々な場合において「どう振る舞えばいいか」がわかってきたということで、いちいちオドオド&ビクビクしなくなってきたのです。

それが最も顕著に現れるのが、飲食店においてでしょう。若い頃は、ちょっと高級なお店、お洒落なお店に入ると、従業員さんからも他のお客さんからも鼻で嗤われているような気がして、挙動不審になったものです。

しかし今や、高級だろうがお洒落だろうが、はたまた立ち飲み屋だろうが吉野家だろうが、どんなお店においても、何ら動じずに飲み食いしている自分がいるのでした。いつウェイターさんを呼び止めるべきか。お店の人との自然な会話。美味しかった時、美味しくなかった時の対処法。おごり方、おごられ方。……と、いつの間にか習得していたではありませんか。

ちょっと素敵なお店で、気張ってデートに来ている若いカップルが隣にいたりすると、自分達の過去を思い出して、微笑ましい気持ちになるものです。若い二人は、慣れない環境にオドオドしているのであり、サービスの人にも敬語。ナイフとフォークの使い方もおぼつかず、何が出て来ても、

「すごーい！」

「美味しーい！」

と感動して、スマホで写真を撮りまくっている。あまり感動もしにくくなって、もはや相当に珍奇なものでないと写真を撮る気にもならないこちらとしては、「その感動しやすい気持ちを大切にしてね……」と、心の中で話しかけているのです。

私は、レストランのサービスの人に対して「ありがとうございます」でなく「ありがとう」と自分が初めて言った時、「ああ、私って中年になったのだなぁ」と感じたものでした。「と」の部分にアクセントがくる関西弁だと、若者が「ありがとう」とお店の人に言っても自然に聞こえるのですが、関東弁で「ありがとう」とだけ言うと、やけに上から目線っぽく響くもの。ですから昔は、偉そうでなく自然に、「ございます」抜きで「ありがとう」と言える大人に憧れたものです。しかし今や、若い接客業の人に向かっては、平気で「ありがとう」と言っている自分がいる。

中年同士の食事会というのは、ですからどんな場所であっても皆が堂々としていることが快適なのですが、しかしたまに見られるのは「堂々としすぎて怖い」という中年です。すなわち、お店の人に対してやけに怒りっぽいとか、威張っているとか、そういった人。

「コーヒー、まだですかっ」

などと言う程度ならまだしも、

「これ、まずいんですけど。もう少し塩は薄くした方がいいと思いますよ。ちょっとシェフに一口食べてみてって言ってちょうだい」

などと、調理法に口を出す人まで。

その手の人の気持ちも、わかるのです。外食の場数も踏んで、サービスにうるさく、舌も肥えているのが中年。私も、「ああ、残念だ……」と、不満を口に出したくなることはある。

しかし実際に口に出してしまうと、お店の人々をびびらせたり、食事会の雰囲気がぶちこわしになったり。そして何よりも、「まずいんですけど」などと言ってしまった人の怖さと中年感が際立つことこの上ありません。そんなわけで、お店でどれほど残念に思っても、グッと我慢をする私なのでした。

どんな場所でもオドオドしないようになった自分を見て、「大人になるって、ラクになるってことなのね」とも思います。人生で様々な場数を踏んだからこそ、どこにでも平気でいられるようになったのだ、と。

しかし一方では、「これは、感情が摩耗しているということなのではあるまいか?」とも思います。若い頃のような自意識や繊細さが薄れ、誰からどう思われようと構わなくなったから、堂々としていられるようになったのでは。

先日も、感情の摩耗を実感する出来事がありました。私は、中華料理の他に卓球も習っているのですが(実はもう一つおまけに書道、それも漢字を習っている私は、前世において中国と何らかの関係があったのではないかと思っている)、その卓球の試合に出場した時のこと。

中学時代は卓球部だったのですが、以来三十年以上ぶりの、卓球の試合。それほどちゃんとした試合ではなく、カジュアルなムードではあるのですが、それでも試合は試合ということで、気合いが入りました。

私はスポーツでもゲームでも、勝負事が好きな性質《たち》です。となればもちろん、負けるよりも勝つ方が嬉しいわけで、負けず嫌いなタイプだと自分では思っております。

学生時代もずっと運動部に入っており、かなりマジに活動していたので、試合では勝っては泣き、負けては泣きしていましたっけ。

そしていよいよ、久しぶりの試合の時がやってきました。前日には、「どれほど緊張するだろうか」と、想像が膨らみます。あのひりひりするような、えずきそうな緊張感が味わえると思うと、少し楽しみでもありました。

ところがいざ試合が始まってみると、全くと言っていいほどに緊張していない自分がいたのです。むしろ練習の時よりもふてぶてしく、「こんなこともしてやれ」などと新技を試したりもしている。

そのあまりの緊張感の無さに、試合をしながら自分で自分に驚きました。学生時代は、いつも緊張のあまり普段の力を出せずに泣いたものだったのに、このいつも通りな感じは何なのだ、と。年月は、どうやら私の緊張しやすい心を摩耗させたようです。

試合はリーグ戦で、私は計六試合を戦って、三勝三敗という結果でした。三敗の中には、先にマッチポイントまでいきながら、気がゆるんで負けてしまったものも。

しかし私は、全ての試合が終わった後にふと、「あまり悔しくない」ということに気がついたのです。負けたことは、悔しい。しかし学生時代のように、涙が止まらないとか、しばらく立ち直れないとか、そういった悔しさでなく、「あちゃー」くらいな感じ。

これはどうしたことか、と私は思いました。私は、負けず嫌いなはずではなかったのか。どうしてもっと悔しがらないのか。

勝負にどの程度人生を賭けているかは、もちろん学生時代とは違います。学生時代は、部活の比重が人生のほとんどを占めていたわけで、試合に勝つか負けるかは大問題。それに比べれば中年期の今、卓球は単なる趣味ではある。

しかし私は、子供の頃からどんな勝ち負けもおろそかにしないタイプでした。トランプでもオセロでも、勝つために全力を傾注し、負ければ「いーっ！」となっていたのに、今や非常に惜しい負け方をしても「ま、しょうがない」と思っているではありませんか。

これを「円くなった」と言うこともできましょう。人の性格のトゲトゲした部分が、長く生きることによって削れてくるのだよ、勝った負けたにカリカリしなくなったなんて良かったじゃないの。人生、勝ち負けじゃないんだし。……と、できた人なら言うかもしれない。

　しかし私は、あまり悔しく思っていない自分に対して、「それでいいのか」と、不甲斐なく思ったのです。試合会場を見ていると、本当に強い人というのは、どれほどカジュアルな試合であっても、負けた時に真剣に悔しがっていました。そして弱い人ほど、負けてもへらへらしている。負けてもへらへらというのは、「円くなった」ということかもしれないけれど、勝ち負けに対する感覚の摩耗でもあり、そして「強くなりたい」とか「上手になりたい」という気持ちを放棄することなのではないか。

　そして私は、「ちょっとそれは、早すぎるんじゃないの？」とも思ったのです。もう八十代であれば、

「勝っても負けても、どちらも同じ」

　と、仙人チックなことを言ってみるのも、また味がありましょう。しかしこちらはまだ中年。強くなることを放棄せずとも、いいのではないか。

「勝ちたい」というあさましい気持ちはさっさと放棄した方が、確かにラクではあるのです。私は「負け犬」などと自称することによって勝負を放棄し、いちはやくラクになったという経歴も持っている。せめて卓球くらい、もう少し負けて悔しがってもいいのではないか。そして、きちんと悔しがるためにも、もっと練

習を積まねばならないのだな。……と、試合が終わってクタクタになりつつ、考えてみたのでした。

緊張感の摩耗、そして〝勝ちたい欲〟の摩耗。それらを実感した私は、以来プロスポーツ選手を、尊敬の目で見るようになりました。プロ野球選手でもサッカー選手でも、はたまた大相撲の力士でも、長期にわたって「勝ちたい」という気持ちを持続させるというのは、大変なこと。気力のみならず、体力も維持できないと、〝勝ちたい〟欲を燃やし続けることはできないのです。

勝負関連以外でも、摩耗気味の感情が色々あることに最近は気づきます。たとえば若い頃は、それこそ箸が転んでもおかしいと言われる通り、何かにつけてゲラゲラ笑っていたのであり、ツボにはまると笑いが止まらなくなったもの。お恥ずかしい話ですが、私は自分が書いているエッセイに自分でウケてしまい、ニヤニヤと、はたまたゲラゲラと笑いながら書いたこともしばしばだったのです。

が、今や自分の文章にウケながら書くなどということは絶無。「昔って、何があんなにおかしかったのだ？」と思います。

感動する気持ちも、失われているように思います。その昔は、小説や詩を読んでいて、「素晴らしい！」と思った一節を紙に書き出していたものですが、ふと気がつけば、その手の行動をしなくなって久しい。書くこと、読むことが仕事になって、「いいな」と思ってもスルーしてしまうようになったのか。それともやっぱり、感動心がすり減ってしまったのか……。

長く生きていれば、物事にいちいちびっくりしなくなるのは、仕方のないことでしょう。いちいち刺激に対して反応しないことによって、自分の心身を守るという心理も、働くのかもしれません。しかし「びっくりしない」と言うよりは「スレてきた」としか言いようが無い感覚が、自分の中には確かに存在するのです。

一方では、一部の感情が摩耗することに対する反作用なのか、別の感情が敏感になったり深くなっていったりするようです。以前も記しましたが、涙もろくなるというのは　中年期の特徴の一つ。また「こうあるべき」という自分なりの物差しが強固になったが故に、やたらと怒りっぽくなるケースも。

我々中年の先輩である老年の皆さんを見ていると、我々の感情の行き先が理解できるような気もするのです。「年をとって円くなる」ばかりが、人ではない。人は老年になると、むしろ自分の性格の中で特徴的な感情を先鋭化させていく人が多いのです。すなわち、怒りっぽい人はもっと怒りっぽくなり、ネガティブな人はもっとネガティブになり……というように。中年の我々にも、そんな先鋭化の兆しは見えています。

加齢による感情の変化は、とはいえ悪い面ばかりでもありません。一般的に言えば人は、年をとって経験を積み、また子供や部下などを育て見守ることによって、優しく面倒見が良くなっていくのではないか。特に女性は、年をとることによって母性が育まれて、自分の子供のみならず、皆にとっての「おかあさん」的な存在になることができるのです。

が、しかし。我が身はと見てみれば、子供を持たない上に、職業的にも部下がいない。公私にわたって、「年少者を育む」という機会が欠損しております。となると、年齢的に身につけていてしかるべき母性というものが、皆無ということになるのです。子を産んでいなくとも、先天的に母性を身につけている女性も中にはいますが、私はあいにくそうではない。

赤ん坊や犬猫を見れば「可愛い」とは思うけれど、それは私が中年だからではなく、人間であれば誰しも多かれ少なかれ持っている、「小さい存在をいとおしく思う」という感情です。母性というのは、一瞬「可愛い」と思うような感情ではなく、もっと継続的で責任を伴うものなのですから。

多少怒りっぽくても、機嫌の乱高下があっても、はたまた物忘れが激しくても、母性を持つ人というのは周囲から慕われるもの。中年女にとって最も大きな財産である母性を身につけていない私、これから老年になっていくにつれてどうするのだ、と思います。

しかしそうだとするならば、今まで以上に厚顔さに磨きをかけるしかないのでしょう。他人から慕われようが嫌われようが、勝とうが負けようが、「はぁ？」と受け流すことができる。……などという状態になれば、それこそ仙人レベル。あらゆる感情を摩耗させてつるつる状態になった時、人は「円くなった」と言われるのかもしれません。

おせっかい

晩婚化や少子化の一因として、いわゆる「おせっかいおばさん」がいなくなったことがあると言われております。その昔は、職場だの町内だのに未婚者がいると、おせっかい焼きのおばさんが、

「いい人、いないの？」

とにじり寄り、いないとなれば、

「知り合いにいい娘さんがいるんだけど、会ってみない？」

と、相手が望んでいようといまいと強引にお見合いをセッティング。……といった動きがあった模様。その強引さこそが、日本の既婚率を押し上げていたのだ、と。

しかし、個人の自由が尊重されるようになった今や、独身だからといってむやみに結婚をすすめるのは危険な行為です。おばさんもまた弱体化して、傷つくこ

とを怖がったりもしますから、若者から、

「なにこのおばさん。ウザいんですけど」

という冷たい視線を浴びせられるのが嫌で、おせっかい行為をあまりしなくなってしまいました。

しかし自分が中年になってみると、わかりました。中年というのはそもそも、他人におせっかいをしたくなってしまうお年頃なのですね。昔の中年と比べておせっかい下手にはなってきているけれど、おせっかいスピリットは、我々の中にも醸成されている。

たとえば中年女達は、バッグの中に常に何種類かの飴を入れた飴ポーチを用意していて、ちょっとした時に、

「飴、いかが？」

などと配布しがち。飴のみならず、何だかやたらと人に物をあげたくなるのが中年であるとも言えます。

物ばかりではなく、自分の感情も他人に配布しようとする行為が、いわゆるひとつの「おせっかい」なのでしょう。配られる側からすれば、それは時に重たく思われる行為ですが、おせっかいによって助けられる人も、確かに存在するの

です。

私も最近は、自分が結婚していないのにもかかわらず、結婚をしていない年下の男女を見ると、どうにかしてあげたくてたまらなくなるのでした。西に「結婚したいけれど相手がいない」とぼやく二十代がいれば、知り合いの中に誰かいないものかと頭をひねり、東に「結婚したいのかどうかわからなくなってきた」と言う三十代がいれば、「そんなことは結婚してから考えろ」と言い……と、精神的お見合いおばさんと化しているのです。

それは既婚者でも同じらしく、同世代の主婦などの中には、

「子育てももう落ち着いてきたから、既に絶滅しかかっているお見合いおばさんにでもなろうかと思うの。今、結婚したくてもできない人って、いっぱいいるものね。私は仕事らしい仕事はもうできないから、日本の繁栄のためにお役に立てるのって、これくらいだと思うのよ」

などと宣言する人も。

未既婚を問わず、女が中年になって「愛情のやり場」に困った時に走る行為が「おせっかい」なのだと、私は思います。子持ち中年の場合は、子供が幼少期だった頃のような濃厚な愛情が、その成長によって不要になってしまい、行き場を

失う。そして子ナシ中年の場合は、順当にいけば子供に行くはずだった愛情がそっくりそのままプールされていますから、その放出先がやはり必要なのです。

そんなわけで、もしも女性には誰しも母性があるのだとしたら、中年女がおせっかいになっていくというのは、自明のこと。そしておせっかいというのは、ちょっと手を染めてみれば、実はとても楽しい行為ではありませんか。

たとえば先日、ある集いにおいて、結婚願望を持っている知り合いのアラサー女子・E子さんと一緒になりました。

「どうなの、最近?」

「全然駄目ですよ、酒井さん。私のことを好きになってくれる人はいても、好みじゃなかったりして」

「でもさ、『馬には乗ってみよ』って言うし、試しにその人と付き合ってみたら?」

「いや絶対、無理。ありえません……」

などという会話を交わしている時にやってきたのは、これまた知り合いの独身男性・F氏。

その瞬間、私の中にはキラッとひらめくものがあったわけです。もちろんそれは他でもありません、「E子さんとF氏のカップリングはどうかしら」というひらめき。年の頃合いもちょうど良いし、住んでいる場所もそういえば近い。これは天の配剤ってやつ……？

そして私は、

「Fさん、お久しぶりです」

と声をかけました。E子さん、F氏、そして私の三人でしばし会話をし、E子さんとF氏の人となりを、さりげなく相手にわかるように引き出す私。そして二人の間で会話が弾んできたところで、

「あ、Gさんこんばんは」

などと別の知り合いを見つけて、私はフェイドアウト。これぞおせっかいおばさんではありませんか。

聞けば、E子さんとF氏はその後、会話も盛り上がって、名刺などを交換した模様。さらに二人の関係が先に進んでくれれば、おせっかいおばさんの達成感もいや増すというものでしょう。

思い起こせば私も、若い頃は中年女性達のおせっかいのお世話になっていたものです。あいにく、適当な男性を紹介してくださるお見合いおばさんだけはいな

かったものの、寒そうにしていればホッカイロを渡され、お腹が空《す》いたとつぶやけばチョコレートをもらい、くしゃみ一つしただけでしょうが湯を飲まされ……という手厚いおせっかい態勢の中で生きてきた。

そして私は、自分が中年となった今でも、そんなおばさま（ここは敬意を表して「さま」をつけてみました）方のおせっかいのお世話になっているのです。かつて中年だったおばさま方は、今や初老以降のお年頃となられていますが、夕暮れ時になると、

「家に電気がついてたからさ、いるんだと思ったのよ」

と家のベルを鳴らし、おかずやら到来物やらをおすそ分けしてくださる。親が他界した日に、

「よかったら食べて」

と、おむすびやおかずをたくさん作って我が家に届けてくださったおばさまには、涙が出そうになったものでしたっけ。そして「私も、こういうおせっかいができる人になりたい」と思ったものでした。

だからこそ中年となった私は、今までいただいた分のおせっかいを、誰かに返さなくてはならないのでしょう。「おせっかいは人のためならず」であり、そし

て世代間で継承していくべきものなのだから。

とはいえ、どっぷり個人主義の世の中で大きくなってきた私達世代は、おせっかい欲は満々なのだけれど、「迷惑がられないかしら」と、つい及び腰になってしまうのも事実です。昔の中年女達のように、「どう思われようと、おせっかいしてあげた方がいいのよっ。腐るもんじゃなし」と進んでいく突破力に欠けている。

たとえば、家に来てくださる職人さんなどにどの程度のおもてなしをすればいいのか、私はいつも悩むのです。我が家に来てくださっている植木屋さんには、祖父母の代からお世話になっているのですが、私は三時に一回、お茶とおやつを出す程度。

しかし母は、確か十時と三時に茶菓を出していたはず。さらには、「ご隠居さん（祖母のこと）にはよく、天婦羅《てんぷら》を作っていただきましたねぇ。美味しかったなぁ」

と植木屋さんがつぶやくのを聞いて、「げっ、おばあちゃんって、天婦羅まで出していたのっ」と、あせったものです。天婦羅は祖母の得意料理であり、祖母のおせっかいとしての天婦羅ではあったと思うのですが、三時のお茶しか出さない孫を見て、植木屋さんは何を思うのか。

　同世代の友達であっても、この手のおせっかいに長けている人はいます。暑い夏の日に、宅配便の人に冷やした缶ジュースをさりげなく渡す、とか。中には、宅配便のお兄さんに、

「お腹空いてるー？」

と、ちょうどその時作っていたカレーを玄関先で食べさせてあげたという猛者もいましたっけ。主婦が家に宅配便のお兄さんを連れ込むというと、すぐにＡＶっぽい想像をする人もいるわけですが、そんな雰囲気をみじんも漂わせずに、あっけらかんとカレーを食べさせることができる友人を、私は尊敬したものでした。

　しかし私は、そういった行為がうまい具合にできません。植木屋さんであろうと電気屋さんであろうと、はたまた銀行の係の人であろうと、その手の人とちょうどよくフランクな会話を交わすのが苦手。どこまでフランクにしていいのやら、加減がわからないのです。昔の主婦の皆さんは、その手の人達といかに上手に付き合うかが腕のみせどころであったろうに。

　しかしそんなある日のこと。我が家に、修理仕事などをたまにお願いしている若手の職人さんがやってきました。件の植木屋さんはベテランの職人肌の方なの

で、いつも応対に緊張するのですが、彼は世代も近いので、比較的ラクに話せます。

その時、私はちょうど自分のランチ用に、おむすびを作っておりました。野沢菜と胡麻《ごま》をごはんにまぜて握っただけですが、少し多めに作ったので、

「よかったらどうぞー。多かったら残してくださいね」

と、お茶とおやつと共に出してみた。

この時、私は少し緊張していたのです。家族でも友達でもない人に、おむすびとはいえ手作りのものなどをお出しして、相手としては迷惑ではないのか。世の中には、「親が作ったおむすび以外は食べられない」という人もいるそうだけれど、そういう人だったらどうしよう。「残してくださいね」と言われたとて残すわけにもいかず、無理して食べさせているのではないかしら。それともそっとラップに包んで自分のカバンに押し込むとか……？　と、自分もおむすびを食べながら悶々と考えていました。

しかし少し後で、

「いやー、すっごくうまかったっす、おむすび。野沢菜と胡麻、合いますねー。実はいつも、酒井さんところのおやつを楽しみにしているんです。ご馳走様《ちそうさま》でし

たっ」

という声と共に、きれいに空になったお皿が載ったお盆が戻ってきたではありませんか。

その時、私はものすごく嬉しかったのです。「迷惑なのではなかろうか」と不安に思いながらもしてみたおせっかいが受け入れられて、喜んでもらえたということが、幸せだった。

おそらくはその時が、私にとって「おせっかいの扉」が開いた瞬間だったのだと思います。

「他人様に喜んでもらえるって、何て嬉しいことなのかしら」と。

その職人さんがまた、ホメ上手であったところが、私のおせっかい心を刺激しました。「あの人、うちのおやつをいつも楽しみにしてくれてるんだってー。それじゃ、次もまた美味しいものを用意しておかなくっちゃ」という気分にさせられるではありませんか。若い世代が中年のおせっかいに対してきちんと呼応することによって、我々はさらに発奮するのですねぇ。

そして私は、「とりあえず、迷ったらおせっかいはしておこう」とも思ったのです。時には迷惑がられることもあろうが、本当に喜んでもらえることもあるのだから。

しかし「他人のためになりたい」欲求のとめどない発散がおせっかいだとするならば、もっと年をとった時、おせっかい心が招く危険もあることを、私達は知っていなくてはならないのでしょう。たとえば、お年寄りが振り込め詐欺の被害にあってしまうのは、その心の中におせっかい心があるから。子供なり孫なりが困っているという話を聞いた時、「私が助けてあげなくては」と思うから、お金を振り込んでしまう。

「母さん助けて詐欺」という新名というか珍名も考案された振り込め詐欺は、すなわち母性を持つ女性がひっかかりやすい詐欺なわけです。「助けてあげたい」欲をより強く持っているのは、女性。

お年寄りがセールスマンから言葉巧みに誘導されて、高額商品を買ってしまうのもまた、「私の話をよく聞いてくれて、優しくしてくれるこのセールスマンの役に立ちたい。そのために商品を買ってあげたい」と思うが故の、被害なのでしょう。悪い人の手にかかると、高齢者のおせっかい欲が上手に利用されてしまうのです。

私は、振り込め詐欺の話を聞くと、犯人に対する怒りがメラメラと燃え上がると同時に、とてもせつなくなるのでした。おばあさん達が、「子供のために」と多額のお金を振り込んでしまうことを、誰が嗤うことができましょうか。子を産んだ女性は、いくつになっても母性を胸の中であたため続け、いざという時はどんな犠牲を払ってでも、自分が子を助けようと思っているのです。

子がいない私は自分が振り込め詐欺の被害にあう可能性は無いわけですが、でもかえってその方が危険なのかも。すなわち私のような者は、「私が作ったおむすびを食べて、美味しいと言ってくれた」程度のことでも「いい人だー」と感激しがち。ということは、赤の他人にちょっとおせっかい欲をかきたてられれば、

「こんないい人のためになるのなら」

と、壺《つぼ》だの健康器具だのを、ほいほい買ってしまいそうではありませんか。迷ったら、おせっかいはしておくのが中年の務め。でも金銭は介在させずにね……と、これからは自分にしっかりと言い聞かせておく必要がありそうです。

おわりに

大学時代のクラブの、祝勝会やら納会やらに顔を出すと、胸に名札をつけなくてはなりません。その名札には、名前と共に卒業年度も記してあるので、「この人は、この年代」ということが一目瞭然。

体育会のクラブでしたので、長幼の序を重んじるが故の、この処置。そして私の名札に記してあるのは、「昭和六十三年度卒」という文字なのでした。

そう、私は昭和最後の年であり平成最初の年に、大学を卒業して社会人になりました。就職も決まって、運転免許でもとっておこうと教習所に通っている時、朝イチの教習において助手席の教官から、

「天皇陛下、亡くなったよ」

と教えられ、

「えーっ！」

とのけぞったことを、よく覚えています。

そんな私の卒業年は、年度でいうと「昭和六十三年度」ということになるらしいのですが、最後の年とはいえ「昭和」の二文字があると、ＯＢＯＧ群の中でもグッと年寄り感が漂うものです。「せめて西暦で書けよ……」と内心思うのですが、既に長く中年生活を送っている身としては、「なまじ若者ぶるのは禁物」と身に沁みて感じるところ。あえて堂々と「昭和」の二文字が記された名札を胸につけ、ヤケクソ気味に中年風を吹かせているのです。

年齢を胸に貼って歩かなければならないとなると、服装も落ち着いたものにしなくてはなりません。若いＯＧ達は、デコルテをグッと露出したドレスやふわふわひらひらしたものを着ていますが、平成一桁とか昭和の卒業組は皆、黒っぽいワンピースとかスーツ。我々中年組は、

「やっぱり年齢を自覚した服装になるよねー」

と、黒っぽい集団の中で語り合っておりました。

そんな中、現役学生と話していると、

「平成五年生まれです」

などと言うわけです。思い起こせばその頃、私は既に就職した会社を辞めてい

たなぁ。もしあの時に子供を産んでいたとすれば、こんなに大きくなっているのか！　……と、産んでもいない子が眼前にいるかのよう。

「わっかーい！　お母さんいくつ？」

と聞いてみれば、やはり自分と同年代。そして、「そういえば私も大学生時代は、よく大人から『えーっ、昭和四十年代生まれなの？　わっかーい！　で、お母さんいくつ？』って聞かれたものだ」と、デジャビュ感を抱く、と。

名札に「平成」、それも一桁の卒業年度を記す若いＯＢＯＧや、現役学生を見ていると、思うことがあります。それは、「この人達は、昭和天皇を知らないのだなぁ」ということ。生まれてから二十二年ほど昭和時代を生きた私は、既に平成を生きた時間が昭和を超えたにもかかわらず、「天皇陛下」という単語を聞いた時、瞬間的に昭和天皇のお顔を思い浮かべます。八十代を迎えられた今上天皇ですが、いまだに「昭和天皇の、息子さん」というイメージがどこかにある。

しかし今の若者達にとって昭和天皇は、既に日本史上の人なのだと思います。写真やニュース映像でしか見たことがない人、それが昭和天皇。

平成も四半世紀以上が経過した今、中年っぽさというものをほどよく色付けしているのが、この「昭和感」なのでしょう。私自身が実際に昭和を生きたのは二十二年であっても、「両親は戦争を知っている」とか「祖父は戦争に行った」とか「おばあちゃんは明治生まれ」といった歴史の記憶が、私の中には堆積しているのです。

昭和か平成か以外に、今の中年とそれ以下を分断する要素としてもう一つ大きなものがあって、それはネット問題なのでした。小学生の姪《めい》などを見ていると、幼稚園の時代から、親が持っているパソコンやタブレットなどを触りつけているため、私などよりよっぽど上手に画面操作をしています。生まれた時から、ＩＴ機器が身の回りにあるのが当たり前の、ＩＴネイティブとして育っているのでしょう。

対して私世代は、大人になってからＩＴ機器に出会った世代。私の場合は、会社員になって初めて、パソコンというものに触れたのです。その頃、パソコンはまだ「珍しいもの」であり、一人で一台などあるはずもない。連絡の基本は、電話とせいぜいファックス程度だったものです。

そうこうしているうちに、パソコンは一人一台の時代となりました。さすがに私も所持はしていて使用方法も知っているけれど、あくまで最低限レベル。パソコンが持つ機能の一パーセントも使っていないことでしょう。

ＩＴネイティブの若者達と、大人になってからＩＴと出会った我々世代とでは、様々な違いがあるものです。特に大きいのは、ネット内コミュニケーションに対する感覚の違いのような気がいたします。

我々昭和人は、ネットで他人と知り合うということに、警戒心を抱く人が多いもの。ネットで知り合った異性と初めて会う、などと若者が言うと、

「そんなの危ないわよ！　気をつけないと！」

と、「会ったその晩に殺されかねない」くらいに警戒しまくり。

対して若者は、ネットで他人と知り合うことに、全く躊躇がありません。彼等の場合は、「知り合う」というより「つながる」という感覚なのでしょう。ネット上でつながったからといって、必ずしもリアル世界で知り合いにならなくてもいい。ネット上だけならいくらでも、という感覚ではないか。

最近の若者は、リアル世界で初対面の人と会う時、事前にネット上で知り合っておかないと「怖い」のだそうです。異性を紹介してもらうような時でも、ネット上での交流抜きでいきなり、

「こちらが○○君」

などと言われてしまうと、何を話していいやらわからなくなってしまうのだ

とか。

ネット上で、あくまでライトにどんどん人とつながっていく平成人に対して、昭和人にとって「他人と知り合う」のはもっと重いことでした。誰かと知り合いたいと思ったら、まずは手紙を書いてから手土産を持って訪問するとか、しかるべき紹介者を間に立てるとか、様々な手順が必要だったもの。

そのようにして一度縁がつながったなら、それを切るのも、昭和人にとっては一大事です。縁とは、つながったならそのまま保ち続けるべきもの。……ということで昭和人は、地縁やら血縁といった、なかなか切れない縁に守られつつも縛られながら、生きてきたのです。

対してネット縁は、つながるのも簡単ならば切るのも簡単。ネット上では本名を晒す必要も無いので、簡単にトンズラすることもできます。「絶交」などという大げさな言葉を使用せずとも、お付き合いからフェイドアウトすることができるのです。

そんなわけで中年は、SNSの中では比較的中年に親和性が高いと言われているフェイスブック（以下FB）を愛用している人が多いようです。なぜ中年はFBが好きなのかといえば、「同窓会気分に浸れる」「元カレ・元カノの動向を探れる&あわよくば焼けぼっくいも……」といった感覚だけではありますまい。

無限に広がるネット世界に恐怖心を抱く中年も、「知り合いだけ」の世界であるFBなら安心していられるから、という理由も大きいのではないでしょうか。FBは、「ネット世界にうろつくわけのわからない有象無象」から守られている、ゲイテッド・コミュニティなのです。

FBにおいても中年は、

「友達リクエストを出す時は、せめて一言メッセージを添えるのが礼儀ってものよね」

などと、うるさいことを言います。「知り合う」ということを重大に捉えている中年は、ネット上でも手順を重んじる。

そうかと思えば、「いいね!」と言われるのが嬉しいあまり、FBにおいて無防備に個人情報をダダ漏れさせる中年も。ゲイテッド・コミュニティとはいえ、ネット上。セキュリティ意識の欠如もまた中年っぽい、と言うことができましょう。

ネット上でもつい露呈してしまう中年感を眺めていて感じるのは、「時代は変わった」ということなのです。昭和時代を振り返れば、「ネット上の中年感」などを気にする必要は全くありませんでした。「情報をどう得て、どう処理するか」の違いで世代差が感じられるとは、思ってもみなかったのです。

ネット登場以前、情報のやりとりは長らく、紙とテレビ、ラジオによって行われていました。祖父母が読んでいた新聞を孫の我々も読み、のみならず本もラジオもテレビも、世代差なく楽しむことができた媒体です。

が、パソコンの登場によって、そこには分断が生じました。ネットに対する感覚の違いが、時代についていっているか否かを分けるようになったのです。

してみると今の中年は、昔の中年と比べるとずっと、「中年感」が漏れ出るポイントが増えてきているように思うのです。昔の中年はせいぜい、シワやシミや白髪といった、肉体的な老化を見て、「もう年ね」と思っていたのでしょう。肉体的な老化を隠すための術《すべ》もそうなかったので、老化サインを発見したら、否応《いやおう》無《な》しに中年への道を進んでいったのだと思います。

しかし今を生きる中年の我々は、中年感の漏洩《ろうえい》に、全方位的に気をつけなくてはなりません。シワを浅くする注射も、シミをとるレーザーも、白髪を染める薬もあるけれど、わかりやすい老化を隠して美魔女を気取ってみても、中年であることを示すサインはそこここに出てきます。手の甲にやたらと血管が浮くように

なったとか、書く字が丸文字だとか。はたまた、FBに書き込む、

「今日は楽しかったデスネ」

「懐かしい顔が集まりマシタ」

といった、「最後の数文字をついカタカナで表記してしまう」という癖が濃厚に中年っぽかったり。

最近は、ハロウィンという行事もまた、中年と非中年との間に厳しく線引きします。中年にとってハロウィンは、やはり大人になってから出会った行事なので、こっ恥ずかしくて心の底から楽しむことができません。ですからハロウィンでうきうきすることができるのは、非中年。中年でも仮装が好きな人はいるけれど、仮装姿で家の外を練り歩くことには躊躇するのが、まっとうな中年というものでしょう。

隠しても隠しても、別のところからひょっこり顔を出す、中年感。とはいえ私達は既に、そんな「中年感もぐら叩きゲーム」を、楽しむことができるようになっています。うまく中年感隠しをすることができれば嬉しいし、たとえ隠すことができなくても、

「だってしょうがないじゃないの、中年なんだから」

と、開き直ることができる。

今時の若者達の言動を見て、

「すごいねー」

「格好いいねー」

と、素直に感嘆することができるのも、中年の証《あかし》でしょう。もう少し若かった頃は、自分の中に若者エキスがわずかばかり、生乾きになって残っていたため、若者側に合わせようとしたり、おもねろうとしたもの。しかし若者エキスが乾き切った今となっては、完全に若者を他者として見ることができるようになったのです。

自分の中から若者エキスが無くなるのは、とても楽なことでした。「私達は昭和人という過去の人間なので、今のことを教えてもらいたいわ」と、謙虚な気持ちにもなることができる。

一つ心配なのは、昭和人であることにあぐらをかきすぎて、若者からウザいと思われることです。

「ネットのことなんてわかんないわー、だって昭和人なんだから」

などと面倒臭いことを若者に押し付けようとしたり、

「どうせ昭和人なんだから」

と、昭和的な害毒をまき散らしたりしてはいまいか。それは、中年を卒業して老年に入っても、ずっと気をつけなくてはならないことなのだと思います。

若い頃、中年女達は妙に楽しそうに見えました。

「シワも白髪もどんどん増えて、チヤホヤの楽しみもモテる楽しみも失っているであろうに、どうしてこの人達はこんなに楽しそうなのだろう?」

と思ったものですが、今になってみるとわかります。彼女達は、中年であることを直視し、認めていたからこそ、楽しそうに見えたということが。中年であることから逃げ隠れしていなかったから、堂々として見えたのです。

そして気づけば自分も、堂々と中年。毎日、色々なところが痛くなったり痒くなったり浮いたり沈んだりと大変なのですが、日々は案外、楽しいもの。出会ったことの無い事態にどう対応するのかを、過去の経験に鑑みつつ必死に考えたり、他人に助けていただいたりとジタバタすることに、満足感を覚えたりするのです。

若い頃の自分にもし出会ったら、

「中年もあなたと同じ人間なのよ。そして中年っていうのも、意外と楽しい時期なのよ」と、伝えてやりたい私。若い私は、

「何言ってんの、このおばさん」といった顔をするのでしょうが、そんな若者をも「ま、若者ってこんなものよね」と見守る度量が、今はあるような気がしています。

二〇一五年　春

酒井順子

文庫版あとがき

十代の頃から、「私達世代の女って、こんな感じ」ということを、エッセイに書き続けてきました。十代、二十代の時は、「若者こそがこの世の中心、社会の主役。あとの人は可哀想《かわいそう》な人達」なのだと思っていたので、自らの若さとバカさを、「どうだ」とばかりに開陳していたのです。

が、そんな自分も年をとります。三十代が見えてくると、「あれ、もういい大人なのに、こんなことばかり書いていていいの？」という感覚に。三十代になれば、「若さ」という、今まで当たり前のように共にあった資質とどう別れていくか、悶々《もんもん》とするように。「若者こそがこの世の中心」と信じ切っていたからこそ、若さとの別れ方に悩んだのでしょう。

そしてこの本を書いた時、私は四十代。平均寿命がどんどん伸びてしまうせいで「いつまでも若く！」というプレッシャーが強い時代に、私は中年盛りを迎えました。同時に、「そうは言っても四十代、内面的には当然成熟しているべき」というプレッシャーも一方にはあります。若い外見と成熟した内面という、外と内とで相反する二つの要素を追い求めてはみたものの、「一兎《いっと》をも得ず」の状況になる中で、「自分は中年である」という現実をどう着地させればいいか、ということで書いたのがこの本なのです。

我々世代の特徴は、「中年でも軽い」というところにありましょう。軽さとはもちろん体重のことではなく、精神のこと。自分の中にあるチャラさが、「いつか消えてなくなり、ずっしりとした重さが生まれるのでは？」と思って生きてきましたが、いくつになっても自身の中でチャラチャラという音が聞こえ続けているではありませんか。

四十代と言えば、戦前までであれば、そろそろ人生のまとめに入る頃。押しも押されぬ立派な大人だったはずです。しかし「人生百年時代」とも言われる今、四十代は人生の折り返し地点に立っているかいないか、というところ。「まだ先は長いし」という気分が、我々を軽いままにさせるのか。

生まれ育った時代のせいもありましょう。戦争も飢えも知らず、バブルという時代をしゃぶって大人になったら、こうなった。我々は、人の親になろうと社会で重要な地位に就こうと、ふやふやと未熟な気分をどこかに抱え続けています。「若者が一番偉い」という時代に若者だったせいで、その時の気分を捨てきることができないのでしょう。

今時の中年達の、そんな弱さ、頼りなさが本書からは滲《にじ》み出て来るわけですが、さらに時が経《た》って文庫版が刊行される今、私は五十代となりました。では五十代になって私が「ちゃんとした中年」になっているかといえば……、やはりそうではありませんでした。「チャラチャラ」という音は、今も自分の中に響き続けているのであり、もしかするとこの音は一生、耳を離れないのではないか、という恐れも出てきました。

いやもしかすると、この感覚は昔の人も同じだったのかもしれぬ、という気もするのです。昔の中年達もまた、未成熟な部分を抱えつつ、社会や家族の手前、成熟したフリを頑張ってしていたのではないか。そしていつの間にかフリが身につき、そのまま老いていったのではないか……。

今は、そんな「フリ」を無理してしなくてもよい時代となったのかもしれません。そろそろ「フリ」を身につけなくてはならないと思いつつも、いつまで「フリ」をせずに生きていくことができるのか、人体実験をしているような感覚でも生きている私。この実験の結果は、いつかどこかの機会で、皆様へお届けできればと思っております。

最後になりますが、文庫版の刊行にあたっては、集英社の海藏寺美香さんにたいへんお世話になりました。本書を手に取って下さった皆様へと共に、御礼申し上げます。

酒井順子

二〇一八年　春

JASRAC 出 1803796-802

本書は、二〇一五年五月、集英社より刊行されました。

初出　集英社WEB文芸レンザブロー
二〇一三年五月〜二〇一五年一月

集英社文庫　目録（日本文学）

斎藤茂太　人生がラクになる 心の「立ち直り」術
斎藤茂太　人間関係でヘコみそうな時の処方箋
斎藤茂太　人の心をギュッとつかむ話し方81のルール
斎藤茂太　すべてを投げ出したくなったら読む本
斎藤茂太　「断わる力」を身につける！
斎藤茂太　先のばしぐせを直すにはコツがある
斎藤茂太　落ち込まない 悩まない 気持ちの切りかえ術
斎藤茂太　そんなに自分を叱りなさんな 心のモヤモヤ退治法99
齋藤孝　数学力は国語力
齋藤孝　親子で伸ばす「言葉の力」
齋藤孝　文系のための理系読書術
齋藤孝　人生は「動詞」で変わる
早乙女貢　会津士魂一 会津藩 京へ
早乙女貢　会津士魂二 京都騒乱
早乙女貢　会津士魂三 鳥羽伏見の戦い
早乙女貢　会津士魂四 慶喜脱出

早乙女貢　会津士魂五 江戸開城
早乙女貢　会津士魂六 炎の彰義隊
早乙女貢　会津士魂七 会津を救え
早乙女貢　会津士魂八 風雲北へ
早乙女貢　会津士魂九 二本松少年隊
早乙女貢　会津士魂十 越後の戦火
早乙女貢　会津士魂十一 北越戦争
早乙女貢　会津士魂十二 白虎隊の悲歌
早乙女貢　会津士魂十三 鶴ヶ城落つ
早乙女貢　続会津士魂一 艦隊蝦夷へ
早乙女貢　続会津士魂二 幻の共和国
早乙女貢　続会津士魂三 斗南への道
早乙女貢　続会津士魂四 不毛の大地
早乙女貢　続会津士魂五 開牧に賭ける
早乙女貢　続会津士魂六 反逆への序曲
早乙女貢　続会津士魂七 会津抜刀隊

早乙女貢　続会津士魂八 甦る山河
早乙女貢　わが師山本周五郎
早乙女貢　竜馬を斬った男
早乙女貢　奇兵隊の叛乱
酒井順子　トイレは小説より奇なり
酒井順子　モノ欲しい女
酒井順子　世渡り作法術
酒井順子　自意識過剰！
酒井順子　おばさん未満
酒井順子　紫式部の欲望
酒井順子　この年齢《とし》だった！
酒井順子　泡沫日記
酒井順子　中年だって生きている
坂口安吾　堕落論
坂口恭平　TOKYO一坪遺産
坂村健　痛快！コンピュータ学

集英社文庫 目録（日本文学）

佐川光晴 おれのおばさん
佐川光晴 おれたちの青空
佐川光晴 あたらしい家族
佐川光晴 おれたちの約束
佐川光晴 大きくなる日
さくらももこ ももこのいきもの図鑑
さくらももこ もものかんづめ
さくらももこ さるのこしかけ
さくらももこ たいのおかしら
さくらももこ まるむし帳
さくらももこ あのころ
さくらももこ のほほん絵日記
さくらももこ まる子だった
さくらももこ 土屋賢二 ツチケンモモコラーゲン
さくらももこ ももこの話
さくらももこ ももこの宝石物語

さくらももこ さくら日和
さくらももこ ももこのよりぬき絵日記①〜④
桜井進 夢中になる！江戸の数学
櫻井よしこ 世の中意外に科学的
桜木紫乃 ホテルローヤル
桜沢エリカ 女を磨く大人の恋愛ゼミナール
桜庭一樹 ばらばら死体の夜
佐々涼子 エンジェルフライト 国際霊柩送還士
佐々木譲 犬どもの栄光
佐々木譲 五稜郭残党伝
佐々木譲 雪よ荒野よ
佐々木譲 総督と呼ばれた男(上)(下)
佐々木譲 冒険者カストロ
佐々木譲 帰らざる荒野
佐々木譲 仮借なき明日
佐々木譲 夜を急ぐ者よ

佐々木譲 回廊封鎖
佐藤愛子 淑女失格 私の履歴書
佐藤愛子 憤怒のぬかるみ
佐藤愛子 死ぬための生き方
佐藤愛子 結構なファミリー
佐藤愛子 風の行方(上)(下)
佐藤愛子 こたつの人 自讃ユーモア短篇集一
佐藤愛子 大黒柱の孤独 自讃ユーモア短篇集二
佐藤愛子 不運は面白い 幸福は退屈だ 人間についての断章326
佐藤愛子 老残のたしなみ 日々是上機嫌
佐藤愛子 不敵雑記 たしなみなし
佐藤愛子 自讃ユーモアエッセイ集 これが佐藤愛子だ 1〜8
佐藤愛子 日本人の一大事
佐藤愛子 花は六十
佐藤愛子 幸福の絵
佐藤賢一 ジャガーになった男

集英社文庫　目録（日本文学）

集英社文庫 目録(日本文学)

集英社文庫　目録（日本文学）

志賀直哉　清兵衛と瓢簞・小僧の神様
篠田節子　絹の変容
篠田節子　神鳥《めで》　イビス
篠田節子　愛逢《あ》い月《づき》
篠田節子　女たちのジハード
篠田節子　インコは戻ってきたか
篠田節子　百年の恋
篠田節子　聖域
篠田節子　コミュニティ
篠田節子　アクアリウム
篠田節子　家《や》鳴《な》り
篠田節子　廃院のミカエル
司馬遼太郎　歴史と小説
司馬遼太郎　手掘り日本史
柴田錬三郎　柴錬水滸伝　われら梁山泊の好漢(一・二・三)
柴田錬三郎　英雄三国志一　義軍立つ

柴田錬三郎　英雄三国志二　覇者の命運
柴田錬三郎　英雄三国志三　三国鼎立
柴田錬三郎　英雄三国志四　出師の表
柴田錬三郎　英雄三国志五　攻防五丈原
柴田錬三郎　英雄三国志六　夢の終焉
柴田錬三郎　われら九人の戦鬼(上)(下)
柴田錬三郎　新篇　眠狂四郎京洛勝負帖
柴田錬三郎　新編　剣豪小説集　梅一枝
柴田錬三郎　徳川三国志
柴田錬三郎　新編　武将小説集　男たちの戦国
柴田錬三郎　花は桜木　柴錬の「大江戸」時代小説短編集
柴田錬三郎　チャンスは三度ある
柴田錬三郎　眠狂四郎異端状
柴田錬三郎　貧乏同心御用帳
柴田錬三郎　御家人斬九郎
柴田錬三郎　真田十勇士(一)　運命の星が生れた

柴田錬三郎　真田十勇士(二)　烈風は凶雲を呼んだ
柴田錬三郎　真田十勇士(三)　ああ！　輝け真田六連銭
柴田錬三郎　眠狂四郎孤剣五十三次(上)(下)
柴田錬三郎　眠狂四郎独歩行(上)(下)
地曳いく子　50歳、おしゃれ元年。
島尾敏雄　島の果て
島﨑今日子　安井かずみがいた時代
島崎藤村　初恋　―島崎藤村詩集
島田裕巳　0《ゼロ》葬――あっさり死ぬ
島田雅彦　自由死刑
島田雅彦　カオスの娘
島田雅彦　英雄はそこにいる　呪術《シャーマン》探偵ナルコ
島田洋七　がばいばあちゃん　佐賀から広島へ　めざせ甲子園
島村洋子　恋愛のすべて。
島本理生　よだかの片想い
志水辰夫　あした蜉蝣《かげろう》の旅(上)(下)

集英社文庫　目録（日本文学）

志水辰夫　生きいそぎ
志水辰夫　みのたけの春
清水義範　偽史日本伝
清水義範　迷宮
清水義範　開国ニッポン
清水義範　日本語の乱れ
清水義範　新アラビアンナイト
清水義範　イマジン
清水義範　夫婦で行くイスラムの国々
清水義範　龍馬の船
清水義範　シミズ式 目からウロコの世界史物語
清水義範　信長の女
清水義範　夫婦で行くイタリア歴史の街々
清水義範　会津春秋
清水義範　夫婦で行くバルカンの国々
清水義範　ifの幕末

清水義範　夫婦で行く旅の食日記 世界あちこち味巡り
清水義範　夫婦で行く意外とおいしいイギリス
清水義範　夫婦で行く東南アジアの国々
下重暁子　鋼《はがね》の人《ひと》 最後の瞽女《ごぜ》・小林ハル
下重暁子　不良老年のすすめ
下重暁子　「ふたり暮らし」を楽しむ 不良老年のすすめ
下重暁子　老いの戒め
下川香苗　はつこい
朱川湊人　水銀虫
朱川湊人　鏡の偽乙女 薄紅雪華紋様《うすべにせっかもんよう》
小路幸也　東京バンドワゴン
小路幸也　シー・ラブズ・ユー 東京バンドワゴン
小路幸也　スタンド・バイ・ミー 東京バンドワゴン
小路幸也　マイ・ブルー・ヘブン 東京バンドワゴン
小路幸也　オール・マイ・ラビング 東京バンドワゴン
小路幸也　オブ・ラ・ディ　オブ・ラ・ダ 東京バンドワゴン

小路幸也　レディ・マドンナ 東京バンドワゴン
小路幸也　フロム・ミー・トゥ・ユー 東京バンドワゴン
小路幸也　オール・ユー・ニード・イズ・ラブ 東京バンドワゴン
小路幸也　ヒア・カムズ・ザ・サン 東京バンドワゴン
小路幸也　ザ・ロング・アンド・ワインディング・ロード 東京バンドワゴン
白石一文　彼が通る不思議なコースを私も
白石一文　光のない海
白河三兎　私を知らないで
白河三兎　もしもし、還る。
白河三兎　十五歳の課外授業
白澤卓二　100歳までずっと若く生きる食べ方
城山三郎　臨3311に乗れ
辛永清　安閑園の食卓 私の台南物語
辛酸なめ子　消費セラピー
新庄耕　狭小邸宅
眞並恭介　牛と土 福島、3.11その後。

集英社文庫

中年《ちゅうねん》だって生《い》きている

2018年5月25日　第1刷
2018年6月6日　第2刷

定価はカバーに表示してあります。

著　者　酒井順子《さかいじゅんこ》

発行者　村田登志江

発行所　株式会社　集英社
東京都千代田区一ツ橋2-5-10　〒101-8050
電話　【編集部】03-3230-6095
【読者係】03-3230-6080
【販売部】03-3230-6393(書店専用)

印　刷　大日本印刷株式会社

製　本　大日本印刷株式会社

フォーマットデザイン　アリヤマデザインストア　　マークデザイン　居山浩二

ISBN978-4-08-745738-4 C0195